그대가 문을 닫는 것이다

천년의시 0114

그대가 문을 닫는 것이다

1판 1쇄 펴낸날 2020년 12월 21일
지은이 유상열
펴낸이 이재무
책임편집 박은정
편집디자인 민성돈, 장덕진
펴낸곳 (주)천년의시작
등록번호 제301-2012-033호
등록일자 2006년 1월 10일
주소 (03132) 서울시 종로구 삼일대로32길 36 운현신화타워 502호
전화 02-723-8668
팩스 02-723-8630
홈페이지 www.poempoem.com
이메일 poemsijak@hanmail.net

유상열ⓒ, 2020, printed in Seoul, Korea

ISBN 978-89-6021-532-0
       978-89-6021-105-6 04810(세트)

값 10,000원

그대가 문을 닫는 것이다

유 상 열 시 집

천년의
시 작

홀로 남은 한 아이에게

이 시집이 깊은 벗이 되길 바라며

시인의 말

철길은 제 몸 위로 육중한 열차가 지날 때만 뜨거워지는 것은 아니다.

철길은 여름날의 뜨거운 햇살과 최상의 열전도율 때문에 굽어지는 것만은 아니다.

스쳐 지나가는 나비의 날갯짓이 철길을 설설 끓어 붉어지게 할 수도 있으며 잠시 앉아 날개를 쉬는 새의 작은 발바닥이 닿아도 뜨거워질 수 있다.

이른 저녁 눈썹달의 사그러질 듯한 여린 빛이 철길의 굽은 허리를 펴게 할 수도 있음을 오랫동안 철길을 쳐다보면 깨닫게 되는 것이다.

사람의 관계를 한적하고 아늑하게 좀 더 면밀히 오랫동안 바라보고 싶었다.

2020년 겨울

유상열

차 례

시인의 말

제1부

제1부

밑이 서늘하다

아침 운동 삼아 곧 폐교가 될
삭아가는 시골 학교 운동장을 돌다가
똥 마려워 오래 묵힌 화장실에서
볼일을 보는데
번득이는 칼날이 예상 밖의 고백처럼
스 으 윽
엉덩이를 파고드는 것이다
난해한 자세이지만 살아온 연륜으로
재빠르게 엉덩이를 쳤는데
부끄러움도 없이 짝 소리와 함께
손바닥에 피가 묻어 나왔다
이 피는 아직 묘한 자세를 풀지 않은 내 피인지
함부로 칼 휘두르다 비명횡사한 모기의 피인지
아주 진하게 목숨 건 망설인 사랑인지……
나도 어느 날 누군가에게
내 심검心劍을 스 으 윽 내밀다
비명을 베어 물겠다
생각만 해도 밑이 서늘하다

문하門下

어제 새벽녘에 내 집의 아궁이를 도둑맞았는데
아궁이의 부재 탓에 조금 기울어져 있을 뿐
무쇠솥은 태연히 부뚜막에 걸터앉아 있다

간밤에는 소리도 없이 내 집의 지붕을 도둑맞았다
대못이 몇 개 드러나 있는 것을 보니
서까래와 용마루는 무사하였다

어제 아침에는 밥도 짓지 못하여 생쌀을 씹고
소금도 없이 생감자와 먹다 남은 수박을 껍질째로 먹었다
그 생식이 먹을 만하다는 것은
조간신문의 구닥다리 정보일 뿐이어서 아쉬웠다

오늘 새벽에는 누운 채로
쏟아지는 별밥을 먹는다

>
뱃속이 머리를 환하게 비추니 그 도둑을 알 것 같다
지금 뒤란으로 급히 달아나는 갈옷 입은 처사는
바로 그 사람일 것이다
훗날 내 죽으면 만날 것도 같다

문화TV, 부고

스펀지가 터진 낡은 의자,
고리삭은 긴 작업대는 납땜 인두질의 똥들이
수십 년 흉한 자국으로 얼룩이 졌는데
주인 영감은 어디 가고 몇 개의 스피커에는
낡아 허물어지는 소리 징징거리며
허술한 문틈으로 새어 나간 힘 빠진 전파들은
지금 어느 집 거실에서 재생될까?

하남읍 중앙대로길 18,
새 주소를 달고도 읍내의 중심가는 쓸쓸하기만 하다
50년 넘은 전파상, 문화TV
이별은 오래, 만남은 잠시 시외버스 정류장 옆 문화TV
모두에게는 전성기라는 것이 있어
한때 이 근방의 모든 TV, 세탁기, 냉장고
심지어 전기면도기조차도
이곳에 들르지 않은 것 없다더만은
지금은 시골 영감들 온열기만 가득한 시절이다

낡은 플라스틱 통 안에는 암나사, 수나사 뒤섞여
먼저 떠날 것을 탄원하는지 자그락거린다

전압 계측기는 단자에 물리지 않았는데
바늘이 이리저리 움직이는 것 보니
바람 같은 심한 고통을 앓는 듯하다
누구에게나 번성하고 쇠락하는 것은 통풍처럼 아린 것이다

무엇이든 풀고 감았던 드라이버, 펜치, 스패너가
회복할 수 없는 피곤에 젖은 것 같고
무엇이든 붙이고 늘려대던 납땜 인두기는
차갑게 식어 언제 데워질지 알 수도 없다
작업대 위에는 돋보기 낀 늙은 고양이
주인 영감처럼 졸고 있고
'문화TV' 복고풍 간판 아래 짐 자전거는
주인을 기다리는지 얌전하다
격자 출입문에 굳건한 자물쇠 기립한 것 보니
오늘부터 문을 열지 않을 듯하다.

버퍼링

폭설이다
그대가 문을 닫는 것이다
그다음의 대답을, 장면을 상상해 보라고
급히 문을 닫는 것이다
아직 시대는 끝나지 않았는데
그대는 문을 닫아버리는 것이다
나는 당신의 문을 클릭클릭
우악스럽게 흔드는 것이다
우리 사이 전송을 어렵게 하는 것은 무엇인가
주제넘게 너무 많은 등짐을 지고
그대에게 가고 싶은 것이다
내 몸에 불을 달고 활활 타들어 가는 것이다

폭설 이후 전화가 두절되었다
신호음이 눈처럼 쌓여 가고
그리움 따위는 생각할 겨를이 없는 것이다
그대에게 가는 회선은 자꾸 징징대면서
과부하의 인생을 경고하고
앞뒤의 관계가 뒤섞여
멈칫멈칫하게 되는 것이다

곧장 그대에게 가지 못하는 것은
내가 너무 무겁고 내 안에 고립된 탓일 것이다

우리를 관통했던 추억은
먼 세상으로 달아나고 있다
달아나기 전에 그 추억에 목줄을 감아야 하고
스스슥, 그 목줄을 잡아당겨야 할 텐데
커넥터가 너무 느슨하고 헐거워 참담한 밤이다
여태껏 걸어온 길들이 그 뒤의 길들을
만나기 위해 짜증을 내는 밤이다

그대에게 가는 길이 열 가지라면
이 폭설에서 빠져나가는 것도 열 가지일 것이다
더 나른하게 기다린다는 것은
이 컴퓨터의 용량과 속도를 믿는다는 것이므로
클릭클릭클릭 신열의 코드를 뽑아야 한다
지독한 폭설의 렉에 걸린 것이다
모니터에는 하얀 눈이 쌓여 가고
그 폭설에 고립되어 가는 것이다
나도 폭설로 변하여 쏟아지는 것이다

고백

십여 년 전 돈을 빌리고 갚지 않은 사람을 찾아
갚지 못한 사연을 듣자니
딸아이는 어장 하는 남자 만나 고성으로 가출하여 떠나고
아내는 몇 년을 지병으로 고생하다 먼저 떠나 없다 한다
백방을 뒤로 하고 살림은 펴지지 않았다 한다
그의 고백이 마음에 밟혀 돈보다도 술을 한잔하였다

오가는 말 중에 그가 죽고 싶다 하여
몇 번 망설이다 그의 눈이 다그쳐 나는 그를 죽여 버렸다
그는 죽으면서 내게 고맙다고 고백하는 것이다
나는 그 말을 기꺼이 받아들였다

경찰이 그 죽음을 조사하기 전
내가 죽였음을 고백하였으나
경찰은 과학 수사를 추구하였으므로
단순한 고백은 수사 고려 사항에 포함시키지 않았다
죽음은 내가 이 집을 방문하기 전에 일어났으며
목의 자상의 물증이 드러나지 않은 것이 과학이었다

물증과 고백 사이에서 지쳐 집으로 돌아가는 중

나는 그 쓸쓸한 상가에 들러
예를 차리고 부좃돈도 넣었다

집에 가니 며칠 동안 어디 갔다 왔냐고 다그쳐
사연을 고백하려는데
아내는 다짜고짜 혼자였다는 이유로 울고 또 울어
고백하지 못했다

고백은 물증을 언제쯤 뛰어넘을까 생각하다
깊은 잠에 들었다

마네킹 공장에서 변두리를 추억함

텐코모자점으로 팔려 간 대머리에게서 온 기별의 봉투에는
중절모에 콧수염이 어울리는 사진도 동봉되어 왔다
챙이 넓은 꽃무늬 모자의 여자는 한쪽 눈을 가리고 있지만
깊은 마음 저편에 먼지에 가린 욕망을 어쩔 텐가
몸도 없는 머리만 가득한 모자 가게는
윙크하는 표정조차 질서 정연한 슬픔으로 걸어가고 있다

식스엔포(6N4)에는 미끈한 다리들만이 거꾸로 서있다
압박과 보정과 고탄력이 지나는 눈에 시비를 걸고
이미 사람들이 사랑하는 완성된 슬림이 있었으나
작업반장은 더욱더 슬림으로 구호를 외친다
가늘 대로 가늘어지면서 스스로 상체도 없이 성장해 가는
슬림을 위한 슬림, 오 위대한 슬림
거꾸로 선 스타킹을 신은 다리는 젓갈처럼 삭아간다

성기도 없는 하반신과
젖꼭지 선명한 C컵의 젖가슴은 서로 마주 보며 서있다
이별의 계절도 없을 것 같은 지하상가인데
조금 섭섭함이 묻어난다
곧 캘빈클라인, 비비안, 에블린의 천국으로

꽃은 피고 나비는 날고 씨는 흩어지고
지상에서 볼 수 없는 비구상의 기하학이 펼쳐지는 중에
하반신이 입고 있는 등대는
언제쯤 바다를 향해 불을 켤까 궁리 중이다

대현지하상가, 수백 미터 방공호 같은 지하상가에는
바람도 비도 첫눈도 없어 평화스럽다
오랜 평화가 몰고 온 건조함이 가득하고
광활한 조도는 태양보다 붉어 떠다니는 먼지들조차 목이 말라
안절부절 마음을 내려놓지 못해 아직 허공중에 떠돈다
눈썹 없는 얼굴에 입술은 묘한 비율로 가지런하다
콧날에 손이 베인 인부들은 사포질을 멈추지 않아
턱에서 쇄골까지 미역 줄기처럼 미끈하다

벌거벗은 마네킹 공장이 지하상가의 변두리에 있다
마네킹들이 다 자라지 않은 몸으로 줄을 서
머리는, 종아리는, 하반신은, 손은
서로 그립다고 말하게 될 것이다
참 슬픈 토르소는 언제나 변두리에 불과하고
그립다는 것은 변두리에 대한 추억일 뿐이다

귀 맞다

속칭 배가 맞아 아이 하나 나온다는 말이 있고
귀가 맞아 눈물 하나 나온다는 말 있어요

나 태어나 이런 말 처음 듣네요
아니, 국어책 끼고 산 끄트머리 시간을 어림잡아도
배 맞아 애 낳고
눈 맞아 야반도주했다는 말 들었어도
귀 맞아 눈물 흘렸다는 말 처음 들어요

허, 쓸데없는 소리, 눈 찢어 노려보지 마시고
배 맞기 전 눈 맞기 전 마음 안 맞았을까 생각해 보아요
배 맞기 전 눈 맞기 전 그대가 얼마나 아름다웠을까요
배 맞기 전 눈 맞기 전 몇 번을 글썽이지 않았을까요
그럼 귀 맞기 전에도 그랬겠지요

배 맞아 야반도주했단 말은 눈 맞아 아이를 낳았다는 말보다
훨씬 음탕한 일이라 생각하지만
그거나 이거나 매일반 같은 원인 같은 결과이지요
따라서 귀 맞아 야반도주한 것도 거기서 거기지요
그보다 사람들은 그 말에 온갖 살을 붙여

음탕하고 흥미로운 사건들을 상상하지요
그리고 그 후,
살다 살다 지겨워 부부 싸움까지는 상상도 하지 않아요

기가 찬 귀 맞은 내 이야기 한번 들어보세요
아버지 24주기 추도식을 마치고 돌아오는 길
장성에서 밀양까지 먼 길을 달래려고 라디오를 켰는데요
배우 정애리가 시인 신경림의 '농무'를 낭송하는데요*
우리나라 배우들 예쁜 건 다 알고
대한민국 고졸 학력 치고 '농무'를 모르는 사람 없을 텐데요
지겹도록 외고 다녔는데요
"꺽정이처럼 울부짖고/ 서림이처럼 해해대지만"의 장면에서
마음이 울컥 쏟아져 갓길에 차를 대고 엉엉 울었어요
정애리의 목소리와 내 귀가 맞았네요
정애리와 귀가 맞아 야반도주하여 아이 낳고 잘 살고 있어요
거기까지만 상상하세요, 헤어지기 싫어요

* EBS FM. 〈정애리의 시콘서트〉.

그 축의 방향 때문에

방이 좁아 책상과 침대는 마주 보고 있다
그 사이에 의자가 들어오니
의자는 책상과 마주 보고
침대와는 등을 돌리게 된다
덩달아 책상과 침대는
영문도 모른 채 마주할 수 없다

책을 읽다 울컥 눈물이 나면
가벼운 마음이 되고 싶어
의자를 돌려 침대에 두 발을 올려 뻗으면
침대의 근육들이 발의 힘을 받아들이고
의자와 침대는 편안한 마음으로 마주 본다
동시에 숙명의 짝처럼 여겼던 책상과 의자는
간이역에 스치는 바람과도 같은 허기가 된다

갯바위에 부딪혀 포말로 부서지며 나를 젖게 하여도
그대를 마주 본다는 것은
어둠이 떼거리로 몰려와 나를 더 큰 어둠으로 밀쳐 내어도
그대를 마주 본다는 것은
결국 의자 중심의 회전축에 있는 것이다

\>

짝도 찾지 못한 치매 걸린 침대의 위로와
깊은 유배길에 오른 책상의 한탄은
수신음이 가벼워 관심 밖의 목소리조차도 그립고
언제나 마주하고 싶었던 눈물도 외면하게 되는 것이므로
고백은 축의 정지로 공허하고,
축의 이동으로 햇살처럼 밝은 것이다

지금 내가 앉아있는 의자의 축은
어디로 향할까 망설이고
그 축의 방향 때문에
서가에 얌전히 꽂혀 있는 책의 밑동에서
눈물 같은 습기가 배어 나온다

숲에 들다

숲에 들면 고요를 저며 장터 같은 분주함이 있어 설렙니다. 숲의 나라를 마음 풀고 오래 바라보면 정말 그렇습니다.

숲으로 오르는 길목에는 조릿대 풀쑥풀쑥 자라 옷깃 스치는 소리는 보면대 하나 없어도 화음이 자라납니다. 약간의 바람이라도 더해지면 쏴아아 하며 숲의 오케스트라가 울립니다. 지난봄을 기억하세요? 날리는 송홧가루로 저 아래 동네 장독대의 뚜껑이 모두 닫힐 때 마을 사람들 모여 그 숲의 화음을 들었던 것을, 그렇게 교감하는 것을요.

우뚝 솟아있는 서어나무와 화살나무는 잘 훈련된 숲의 군인들입니다. 서어나무는 미끈한 근육질 다리에 각반을 차고 숲의 시민에게 사열 중입니다. 갈색의 군복을 입은 화살나무는 이미 푸르른 시위를 당겨 한껏 등이 구부러진 것 같습니다. 벙어리 새들조차 푸드덕거리며 소리를 내고 풀들이 칼과 같은 주둥이들을 곤두세워 어미 없는 새들을 지키는 것이 보입니다. 그 울타리의 부동자세는 언제 풀어져 바람에 흔들릴까요.

조팝나무 시인은 숲에서 받은 것이라곤 원고지 한 뭉치였나 봅니다. 문자 같은 흰 알갱이 꽃이 터질 때마다 시 한 편이 바람에 날려 숲의 나라를 읊조리고 있습니다. 노래는 저 고개 너머까지 갈기를 휘날리며 달려가 보이지도 않습니다. 햇살 한 무더기 쏟아지는 오후에 약간 언덕진 곳에는 얼레지, 제비꽃 여기저기 어린아이처럼 누워있습니다. 산괴불주머니는 어젯밤 누가 와 준비해 놓은 듯 가지런히 세수하고 외출을 기다리고 있습니다.

물푸레나무는 언제나 푸른 하늘을 이고 있습니다. 그 푸른 하늘에 나른한 색상으로 숲의 나라에 덧칠을 하고 있는 중입니다. 겨우내 부르튼 살결은 점점 재생될 것이며 아픔은 봉합될 것입니다. 침엽의 솔가리가 밑동에 가득 덮여 있는 것을 보면 알 수 있어요. 푸르게, 짙푸르게 여념 없는 붓질이 바람길을 만들겠지요.

때죽나무는 저 위 능선에 적당하게도 있습니다. 가장 높은 곳에서 저 멀리 다른 숲까지 사랑스런 눈빛으로 쳐다보아요. 꽃등을 수도 없이 달았으니 이 숲 속속들이 환하여 살피지 않는 곳이 없겠습니다. 숲의 나라에는 무엇 하나 한가하게 지나는 법이 없습니다. 날것들은 그것들대로 슝슝거리고 기는 것들은 그것들대로 꾸물꾸물 그리 바쁜 오후를 보내고 있습니다.

숲에 들면 여기저기 부산스러워도 모두 아무 불평도 없겠습니다.
굴피나무 가지 사이로 딱따구리 빼꼼히 내려다보고 있습니다.

굴복을 보다

후투티는 모과나무 허공에서 심상찮게 푸드덕거렸다
허공에 매달려 있는 거미를 노리고 있다

거미에게는 생의 마지막일 수도 있겠다
척후의 예지로 거미는 이슬을 털며 빠르게 오른다
후투티는 방패 같은 날개를 펴 공회전 중이고
서서히 올라가며 근접전을 펼친다
거미는 이미 싸늘히 식은 거미줄에 덮인 노랑줄잠자리를
슬쩍 놓아 유인책을 쓴다
후투티는 노랑줄잠자리 시취屍臭에 구역질하며 떨어지고
그 찰나 신경질적으로 거미에게 일격을 가한다
거미는 가까스로 자신의 몸에서 거미줄을 쏟아내 연막전
술을 친다
목표물을 잃은 후투티는 날개에 묻은 거미줄을 털어내며
거미집 가운데에 안착한 거미를 노려본다

곧 공성전의 태세다 짧은 고요 그 뒤,
후투티는 갑자기 거미집으로 돌진하였고
거미는 탈출의 비학권을 날리며 제집을 찢어내며 우아하
게 떨어진다

후투티는 벌써 자세를 바꿔 떨어지는 지점에 칼을 꽂고 기
다리는 중
거미는 허둥지둥 다시 오른다 또 한 번의 근접전이다

거미는 마지막 순간 감아 오르던 줄을 끊고
갑자기 땅으로 툭 떨어져 절명한 듯하다

내심 황당한 후투티는 땅을 노려보다
부리를 앞세워 하강한다 검의 끝이 해를 받아 번쩍 빛난다
거미가 떨어지기에는 긴 거리이나 후투티에게는 너무나
짧은 거리
거미의 몸뚱어리를 관통할 순간 거미는 슬쩍 모로 눕는다
갑작스런 하강에 속도를 이기지 못하고 부리가 땅에 깊게
꽂히고 말았다
날개를 푸드덕거려 겨우 검을 거두었으나
더 이상 거미 잡을 생각이 싹 달아나 버렸다
치명적인 상처를 입은 후투티는
모과나무 반대쪽 가지에 앉아 물끄러미 쳐다보고
거미는 만 갈래 찢어진 제집을 흔들며 다시 붙자고
악다구니를 치며 심리전을 펼친다 후투티는 우아한 왕관

을 벗으며
  엉덩이를 쑥 뒤로 빼고 패자 삼배를 올린다
  패자의 굴복을 모과나무 아래서 보았다

비밀번호는 바람에 흩어지고

작년에 내 방에 봄을 가두고
창이란 창, 문이란 문에는 모두 비밀번호를 걸어두었다
어느 누구도 이 문을 열 수 없도록 복잡미묘한
숫자와 기호로 비밀번호를 설정해 두었다

여기저기 돌다가
또 다른 곳에서 낯선 세월을 지나는 동안
비밀번호가 기억 속에서 사라져
나 또한 그 방으로 들어갈 수 없게 되었다

나는 그 집을 휘돌면서 곰곰이 생각했다
비밀번호를 조합하느라 씩씩거렸다
어름나무 줄기에 매달려 더 씩씩거렸다
숫자와 기호의 관계를 면밀히 보살폈다
놀이터 그네에도 앉아보고
야트막한 언덕도 걸어보았다
혹시나 하는 마음에 쓰레기통도 뒤져보았다
쓰레기통의 종이 조각에
어떤 비의秘意가 있을지도 모르기 때문이었다

\>

퍼뜩 생각이 깨어
급한 것은 비밀번호가 아니라 내가 가두어둔
봄의 존재와 변화가 궁금했다
문틈으로 방을 들여다보니 아무것도 보이지 않았다
그새 봄이 자라 방 안 가득 빈 공간이라곤 없었고
문틈으로 가지를 뻗어 새어 나오고 있는 중이었다

나는 계단에 걸터앉아 비밀번호를 영영 잊도록
'비'와 '밀'을, '번'과 '호'를 갈라내어
돌아오는 길 모르도록 발신도 없는
속달우편으로 보내버리니
비 밀 번 호 는 바람에 흩어졌다

그러자 봄을 더 이상 지탱하지 못하는 문이 터지고
봄은 마당으로 쏟아져 나와 한가득 꽃을 피우는 것이었다

영혼은 비닐 팩에

한 가죽이 허공에 뜨더니 아스팔트에 내동댕이쳐진다. 그 짧은 순간 그 가죽을 지탱했던 밥알이, 술잔이, 사랑이 소스 라쳐 흩어진다 눅눅하다.

그래도 한 세월 내가 담겨 있던 포대 같은 육신을 영혼이 되어 바라보는 것이 왠지 아련하였다. 거기서 포대의 삶은 거두어졌으나 잘 짜여지지 않았던 비구상의 삶을 도려내어 관찰하는 사람들 진지할 것까지는 없었는데 사뭇 근엄하시다. 사람들은 밤의 하나님 같았다. 하나님은 밤마다 바빠지시는 건지

뺑소니 교통사고로 사망한 시간은 새벽 네 시쯤, 목격자는 없고 멀리 찍힌 CCTV는 차의 형태만 가물거렸다. 그 형태를 추적하건대 움찔움찔 비틀비틀 행복해 보였다. 비극적 죽음이라고 말하는 대신에 비극적 삶이라고 말하는 것이 옳았다.

노란 블라우스는 더 이상 반짝이지 않는다. 아스팔트에

끌리며 너덜너덜한 청바지는 지나간 삶을 보여 주는 증거가
되다니 해진 청바지는 슬픔의 단서가 아니고 관찰의 단서가
될 줄이야.

    마지막 증거는 죽은 자의 영혼을 찾아내는 일이다. 한시가
급하게 영혼을 찾지 않으면 사건의 진실은 퍼뜩 사라지고 말
것이므로 시신의 둔부 아직 마르지 않은 상처의 깊숙한 곳에
미련을 둔 영혼을 찾는 일이란 참으로 두려운 일이다. 마지
막 목격자, 핀셋에 걷어 올려진 머리카락 한 올, 찢어진 청
바지 한 조각, 팔딱이는 피부 한 점과 함께 증거 보관용 비
닐 팩에 갇힌다.

틈

집과 집 사이에 푸석한 흙들이
서로 동여매어 있기는 하였는지
어색한 듯 등을 돌리고 있네
나무와 나무 사이에 밀빵이 익어가는 냄새인지
아니면 고무풀이 삭아가는 냄새인지 고요하네

모든 사이에는 아교 같은 거미줄이 있어서
여름이면 끈적끈적 늘어나 언제든지 허물어지기 직전 같네
그 거미줄은 이곳과 저곳 사이에서
전송의 뿌리를 어디 두어야 할지 모르는 핫라인,
불화를 겨우 이어주는 핫라인 같네

포유류와 파충류 사이,
노동과 임금 사이,
너도밤나무와 대추나무 사이에는
바람의 두께만 한 틈이 있었고
시큼한 땀 냄새가 잡초들과 더불어 익어가고
거미줄만 더욱 살이 쪄갔네

다족류는 콘크리트와 연애 중이고

모든 경영자는 권력을 사이에 두고
사라진 공룡은 백악기의 추측을 사이에 두고
모든 인류는 플라스틱 사이에 있네
장마 끝의 독한 습기들은 문설주와 문 사이를
옥죄어 숨이 막히지만
때로는 꾸덕꾸덕 말라가는 소리가 들릴 때쯤
사이를 벌리며 회복이 될 것이네

날것들이 세상을 뜰 때에는
발을 움츠려 품속 깃의 틈에 감추긴 하지만
발과 품 사이에는 바람이 스민다네
일부 맹금류는 이빨처럼 긴 발톱을 드러낸다네

모든 것들의 사이에는 회문回文과도 같은
순환적 계보의 진화가 있을 뿐이므로
그 틈이 좁혀 들기도 늘어나기도 할 것일 뿐이라네

제2부

마른 비

아버지 술 설거지
수십 년 하시다 가신 어머니
오늘에야 아버지 만나셨나
겨울밤 북동쪽 하늘에
아버지 술독에 담겼던 술구기
설거지하셔서
부뚜막에 엎어놓으셨네
별 하나 떨어져
혹시 내 이마 비칠는지 생각하는데
바람에 씻긴 물방울 몇 개 얼굴 적신다
싸한 술비지 냄새
바람 따라 맑게 번진다

사과 반쪽

소식가 아내는 사과 반 잘라 먹고
자른 면에 먼지 내릴까
접시에 뒤집어 놓으니
그 모양 새장 같기도 하고
고즈넉한 기슭의 봉분 같기도 하다

새벽에 일어나
어스름한 빛에서 보니
그 모양 물렁한 젖가슴 같기도 하고
일 다녀온 아버지 고봉밥 같기도 하고
웅성이며 한사리 물 들어올 때의
개야리 잣섬 같기도 하다

그 반쪽 사과로 아침 속 채우니
배 속에서 육친의 소리가 나는 것 같고
새가 재잘대는 것도 같은 소리,
아버지 무김치 씹는 소리,
한사리 물 드는 소리, 나푼하게 들린다

참 황송하기도 하고 쓸쓸하기도 하여

슬그머니 아직 자고 있는 아내의 이불에 드니
아내는 동그마니 몸을 감고 있다
사과 반쪽이 모로 누워있다

늙은 동백

늙은 동백 아래에
남천 푸른 잎 틔워 꼬물댑니다
새의 똥으로 왔는지
바람의 비늘로 왔는지
그 씨앗의 출처는 궁금하지 않습니다

동백 옆에 높이 솟은
젊은 종려나무
어젯밤 뜨겁게 몸살 앓더니
새의 혀 같은 아이 하나 낳았는지
늙은 동백 아래에
시누대처럼 흔들립니다

늙은 동백 있는 힘 다해
붉은 꽃 연방으로 팡팡 터뜨려
땅으로 내려보내고
어린 남천, 종려 고것들 여린 입술로
동백 꽃잎 핥고 있습니다

두더지들은 배내똥 닦고 있는지

씩씩거리며 디딤말을 뱉는 듯합니다
무슨 구경거리이긴 한지
수시로 바람들이 들락거리고
흙무더기가 들썩거립니다
동백에 깃든 새들
서둘러 물 길러 가는지
일제히 화다닥
양동이 부딪는 소리 내는 아침입니다

해가 때맞춰 비추니
동백 아래가 지구의 중심입니다
늙은 동백은 헛기침합니다

신염腎炎

나의 병명은 막증식성 사구체신염.
우물의 물을 오랫동안 길어내지 않아 폐정이 되었다
그 후 습기를 좋아하는 온갖 절지류들이 들끓었고
절지류를 먹이 삼는 새들 그 갱으로 드나들듯이
어쩌면 사람의 몸도 폐정의 야사野史를 닮았는지
단백뇨는 안녕 하며 빠져나가고
낯선 이방인 같은 크레아틴*은 상승의 욕망으로 곤두박
질쳤다

수만의 섬유질이 세상의 풍상에 헐거워져
그동안의 미쁜 일이 빠져나갔다

처방전의 표는 사선으로 어긋나 있고
글자들은 돌의 눈물처럼 굳어있다
의무기록지는 그래도 아직은 패배가 아니라는 신념을 적
고 있었지만
바람이 콩팥 주위를 서성거리고 있었고
온화하지도 소슬하지도 않았다

겨울의 정령들이 콩팥 주위에 보초 서는 날이면

오줌에서 삶의 콩을 볶는 듯한 구수한 냄새가 나는 것은
지난 일을 추억하기 때문이다
흰 시트 위에 백지장 한 장 누워있어
이전은 없는 듯하고 지금 이후의 삶을 적어가는 것 같다
세상의 모든 것이 생성과 소멸의 이치에서 벗어날 수 없
다지만
한 나무의 소멸은 결국 백지장 한 장의 아름다운 생성으로
나타날 것이라 깊게 믿고 싶었다

떨어진 낙엽이 바람에 숭숭거려
결국 살들을 떨어내며 잎맥을 드러내듯이
산다는 것이 바람에 시달려 헐거워져 가는 것이라
흐르는 세월만으로 꼬여 가는 것 같지만
아마 그 바람도 겸손해질 날이 있을 것이다
인생도 발뒤꿈치의 각질처럼 겸손해지므로

* 크레아틴: 척추동물의 조직과 소변에서 발생하는 아미노산이다.

성장星葬[*]

원시시대 어느 날 새벽
먼저 보낸 아이들 영혼을 닮은 전각을 새겨
해 뜨기 전 하늘에 걸어두려고
아버지들 참으로 분주하다

한 손으로 가는 어둠 끝을 잡고
한 손으로는 오는 해를 막으며
필사적으로 하늘에 매달려 있다
이때쯤이면 하늘은
배냇냄새로 은은하고
더욱더 고요하며 축축할 것이다

새벽마다 별을 보며 생각한다
이승도 삶이고, 저승도 삶이니
에미는 땅에서 슬피 울고
애비는 하늘에 매달려 말라가는 것이다
그러므로 내일 더욱
빛나는 별이 뜰 것이다

* 성장星葬: 아프리카 소수 부족인 아할족에는 일찍 죽은 아이의 아명을 새겨 해 뜨기 전 신령스런 나무에 걸면 새벽 정령이 그 아이를 하늘로 데려가 별을 만든다는 전설이 있다. 전설에 의하면 하늘의 별은 모두 그 아이들의 영혼이며 해 뜨기 전 아이의 아버지가 전각을 완성하는 것에 따라 별 모양이 정해진다. 그래서 별 모양은 한 가지가 아닌 여러 기하로 존재하며 우리가 상징적으로 알고 있는 별 모양은 날이 새기 전 완성된 아이들의 영혼이다. 조금 다르긴 하지만 국가 시대 이전에 우리나라 함경도 지역에 이와 유사한 의식이 있었는데 아이가 죽으면 아버지가 목각 인형을 파서 산으로 오르는 길목의 나무에 걸어두고 아름다운 별이 될 것을 기원하는 의식이 있다 한다. 그래서 아이를 마음(하늘)에 묻었다 한다. 이러한 장례를 일컬어 성장星葬이라 한다.

적과

문행이 형님 과수원집
늦가을 사과 따는 날
전날부터 발갛게 취한 잘생긴 친구들
그 수더분한 아내들과 함께 사과를 딴다
잘생긴 것이 풍년이라고
저마다 한마디씩 노고를 거든다

그때, 문행이 형님은
사과꽃 떨어진 자리
열매 맺자 솎아 버려진
잘생긴 과실보다 훨씬 많은
애진 과실을 생각하는 것이다
이만큼의 가을 세상을 위해 버려진
그보다 많은 애진 봄것들에 대해
생각하는 것이다.

파묘破墓 1

　아버지 열다섯 살 때 아버지의 아버지를 따라 만주로 인생의 간을 보러 떠날 때 물 낮기로 소문난 혜산인가 근처에서 도강을 하는데 큰물 진 뒤라 헛디뎌 둥둥 몸이 어디까진가 떠내려가는 거 할아버지 건져 올렸더니 '웃씨, 재밌게 물 타고 가는데' 타박하더라네 키 작은 아버지 어릴 적부터 간은 커 웬만한 어른 찜 쪄 먹을 만한 배포가 보였는데

　아버지 세상 버린 지 30년, 꿈자리 뒤숭숭하여 파묘쟁이 앞세워 아버지 묫자리 보러 갔는데 묏등의 총총한 뗏장 몇 줌 들추더니 "웃씨, 이 어른 재밌게 물 타고 있네, 육젓 안 됐으면 다행잉께 파묘하요" 하며 침을 퉤 뱉는다

　아버지 서른에 일사후퇴 때 아버지의 아버지의 유골을 앞세우고 동생들 뒤세워 피난 와 호구로 삼은 것이 바다의 물질이라 물이 지긋지긋도 안 했겠나 싶은데 태풍 부는 날 바다가 보이는 동산에 올라 여자들 울고불고 난리칠 때 산목숨 몇이 떠나도 파도의 날개에 매달려 돌아온 아버지가 아니겠는가

　'아니 머시당께, 땅이 여무요' 인부의 옷은 땀으로 젖어 벌써 파 내려간 묘 구덩이에 뚝뚝 떨어지는데 아버지는 묵묵부

답 관 뚜껑조차 이르지 못하여 인부 하나는 나가떨어졌다. "형님, 나오소 다친 허리가 지랄인 갑소" 임무 교대한 젊은 인부의 속도전은 옛날의 우리 아버지 일하는 것 같다. 스크류에 그물이 감겨 배 옴짝달싹 못 하면 누가 나서기 전 제일 먼저 식칼 들고 바다로 다이빙한 속도전의 달인 아버지 아닌가. 세상의 젊은 자와 이승의 늙은 자가 대거리 한번 붙었는 갑다.

내 어릴 적 언제 한번은 폭우가 쏟아지는 밤에 지붕 위 전선에서 빠지직하며 불꽃이 튀었는데 곧 불이 옮겨붙을 태세인데, 엄마는 동동 발만 구르는데, 나는 엄마 옆에서 아버지 어딨냐고 징징거리는데 이미 아버지는 맨발 맨손에 슬레이트 지붕 위에 매달려 비를 흠뻑 뒤집어쓰고 웃고 있다. 어휴, 물귀신.

'아이고, 물텀벙이야' 오야지 도낏자루 내던지며 고함으로 짖어댄다. '에이, 씨펄. 야, 고무장갑 가 와', '야! 아드님, 어디 가서 물바가지 구해 오소. 형은 어안이 벙벙, 동생 꿈에 아버지 험한 꼴 나타날까 봐. '너는 저 위로 올라가 있거라' 하며 나는 짓쳐 물바가지를 구하러 산을 뛰어 내려갔다. 가관이 들어오고, 큰 비닐이 들어오고, 베 끈이 공수되었다. 호들갑 떨고 이윽고 관 뚜껑이 열렸는데 아버지 물장구치며 놀고 계신다.

형 집의 장조카 어릴 적 아버지 모시고 고례 계곡에 놀러 갔는데 나이 든 아버지 물에서 나올 생각 없이 종일 물에 몸 담그고 있는 것 보고 '참, 울 아버지 물 좋아해' 형의 말이 기억났다. 베 끈에 동여매어진 아버지 가관에 모시면서 내일 아버지 분골 동해 바닷물에 뿌려야 할지, 미시령 고갯길 양지바른 뭍에 묻어야 할지 참 헷갈리는 일이다.

파묘破墓 2

엄마 묏등 삽으로 두어 번 두드리며 '엄마 가요, 휴전선 너
머 생전 가지 못한 고향 물 타고라도 갑시다' 30년 누워계시던
곳 첫 삽 뜨며 지붕 걷어내기 전 놀라실까 크게 외워 알려드
렸다. 인부는 빨간 코팅 장갑을 끼며 '아이고 마, 흙 파기 힘
들겠고마' 지전 부르는 소리 해대도 삽, 곡괭이 몇 번 두드리
지 않아 마사 흙더미 잘도 무너지는데 저것이 무엇이냐 어머
니가 무덤 안에서 파 나오는 것 같고 무덤 밖에서는 용만 쓰
는 거 아닌가 싶다가도 지전 몇 장 인부 주머니에 쑤셔 넣어
주고 "우리 엄마 놀라겠오, 살살하오" 하니 신이 난 인부 삼
십 년 누워있던 사람 어르고 달래듯이 아니면 그동안 심심했
다며 놀래키듯이 꽝, 꽝 곡괭이 들이대니 누워계신 엄마 어
지간히 즐거웠을 거다. 늙수그레 어디서 굴러먹다 파묘에는
신출내기인지 수직으로만 파 내려가는 꼴을 보던 오야지 "관
뚜껑 안 열린다 앞산 봉우리 젖무덤 처져 있으니 관머리를 맞
춰두었겠징, 좌측으로 더 파" 그럴 일 없다며 우기는 늙수그
레는 오야지 뱉는 말주먹에 기분 잡쳐 궁시렁대는데 이윽고
관이 드러나자 오야지 들어가 관 위로 도끼를 내리친다. 아이
고 엄마 상처 나면 어쩌나 오금이 저리는데 오야지의 도끼질
은 그야말로 신출귀몰한 것이 두들기는 힘이 일정하지도 않
은데 깊이가 정확하여 관 뚜껑을 두 쪽으로 받아내니 엄마 활

짝 웃으며 나오신다.

　"아이구 젊으신 양반 가셨네, 참 점잖도 하셨겠네" 뒤 생
조차도 살 무너지고 누런 뼈만 남았는데 앞 생을 어찌 아는지
참 용한 파묘꾼이네 생각했다. 상자에 다리뼈부터 세어가며
맨 위에 두개골을 얹으니 금방 엄마가 아기가 되어 다시 세상
으로 나온 것 같았다 내 아이처럼 어리디어려 손잡고 아장거
리며 산을 내려오겠다.

화해

요즘 들어 영 소원했던 아내와
저녁 무렵 산책을 나갔다
윗집 엄 선생네 혼자 있을 잡종 개
복돌이 보러 갔다

아내를 보자 외로운 복돌이 환장하네
아내의 손에 있는 북어 조각 때문인지
아내가 암캐로 보이는지 모르지만
묶어놓은 줄 팽팽하도록 환장하네
사람보다 언제나 붉네

돌아오는 길
아내의 손을 쥐기도 하고
등을 밀기도 하면서
석양도 알맞게 붉어지는 짧은 산책길

　세상의 모든 거리는 가까웠다가 멀어지기도 하였다
　산에서 내려온 소심한 바람이 풀씨를 애써 감았다
　바람의 무게를 측량하는 풀씨들은 예민하게 머리를
　쳐들고

바람이 두 근 반 세 근 반의 무게를 품었는지
살짝 몸을 기댄다
풀씨 날린다

아마도 추리닝 옷섶에 붙어 왔는지
도깨비바늘 풀씨가 거실 바닥에 떨어져
금세 푸른 싹으로 터져
천장으로 솟구쳐 자라고 있네

오늘 밤에는
그 줄기 사다리 삼아
너무 높아 한 번도 닦지 않은
키 닿지 않는 거실 등이나 닦아야겠다

불의 길

황토방 부뚜막에 쪼그려 앉아
장작불을 때보면 안다

나무 베어 일 년
도끼질하여 일 년
한 이 년 바싹 마른 나무라도
그저 활활 불타 들어
가는 것 아니다

허공에 매달려 바람에 말라가며
밤알 떠나보낸
불쏘시개 가시 밤송이 타들어 가야
비로소 활활 거세어진다

내가 그대에게 갈 때에도
세상의 가시 달고 가나니
그 가시에 불씨를 당겨야
비로소 그대 껴안고
활활 불덩이가 되는 것이다

>
그래야만
불은 스스로
구들의 심장으로 달려들어 가는 것을
쪼그려 앉아
장작불을 때보면 안다

사리암 길

긴 솔숲을 단박에 차로 오르려니
깐깐한 여승들이 돌려세울 것만 같았으나
장마 끝의 하늘은 하얗게 부서지고
골물은 세차게 어젯밤 꿈속에도 다녀간 듯 어지러우니
아마도 여승들도 꿈속에서 멀미를 앓고 있었나 보다

구월, 여름의 끝은 자숙하여 풀어지는 것이므로
나무들은 스스로 가지를 꺾어 텀벙, 계곡으로 뛰어드는
것인데
조금 떨어진 곳에서 줄다람쥐 놀란 꼴로 눈이 빠질 것 같다

저 멀리 사리암 계단,
그 사람은 계단이 1,008개라고 말하고는 108번뇌를 생각
하는 듯하고
나는 중생의 번뇌를 1,008개로 확장시킨
억지스런 도공을 이해할 수 없다고 말한 것도 같다

아직 첫 계단에도 이르지 않아 하얗게 풀어지는 그 사람은
꽃잎 하나 떨어진 눈바람꽃같이
나무 지팡이 하나 들고 가슴이 바람바람 들떠 있다

>
앞서 걸으며 나는 온 길의 꼬리를 찾아보기도 하고
뒤서 걸으며 갈 길의 등을 밀기도 하였는데
그때마다 고운체로 걸러낸 여승의 독경 소리 눈부시다

나반존자 나반존자 거듭 반복만 해
때로 자나반존처럼 들리기도 하고, 존자나반이라 들리기도
하니
이제 겨우 말하지 않고 사랑하는 법을 터득한 나는
체면도 없이 목이 마를 것 같다

어느 여린 마음이 보시했는지
길 건너 컬러판 잡지 한 장 깔고 좁쌀을 둔 곳에
멧새 한 마리 조심스레 날아와 좁쌀 두어 모금 뒤에
잡지의 활자까지 쪼아 먹었는지 한 수 시를 뱉는다
마지막에는 들릴 듯 말 듯한 트림 소리 사리암 길에 흩어지고
덩달아 바람에 버무린 먼저 익은 잎들도 흩어진다

소유권

어느 날 뜰의 바위틈에서 뱀이 나와
화들짝 놀라 악, 비명 지르는데
그 뱀은 별일도 다 있다는 듯
눈 흘기며 바위틈으로 사라진다.
토굴의 뒷면까지
그 뱀의 거처가 연결되어 있다면
이젠 토굴조차도 내 것이 아니구먼.

비 온 후 황토방 말릴 겸
아궁이에 장작 넣으려는데
지네 두 마리 사사삭거리며
아궁이의 소유권 사수하는 중이고

어느 날은 날개미들이
실내 화장실을 점거하고 시위 중이다.
무수한 개체들이 한 덩어리가 되었다.
아내는 에프킬러, 킬러, 킬러, 길러, 길러
다급한 음정이 혼비백산하는 밤이었다.

때 기다리는 무밭은

고라니의 소유로 바뀌어
무청 깨끗이도 민둥 무 만들고
이미 텃밭의 방아깨비는
새끼 업고 가납사니가 되었다.

어느 날은 데크 안쪽에서 쥐며느리가 기어 나와
분주한 집짓기가 시작되었고
꽃밭 밑에는 두더지가 들어 두툼히 땅굴을 놓고 있다.

산내면 상양마을
등기부 등본에도,
가옥대장에도
내 이름 석 자 뚜렷이 나오지만
이제는 이 모든 것이
내 소유라 말할 수 없을 것 같다.

도하渡河

새벽이 온 것 어스름 빛이
고요와 신선을 가져온 것이 궁금하다

어기지 않고 반복되는 우주의 절대 질서
겨울의 등뼈를 넘어 봄의 절름발이 기운이 오는 것을 보고
사계절이 뒤죽박죽되었다면 그대는 그 겨울을 넘고 봄을 넘겨
바로 여름쯤에 활짝 내 품에 안길지도 모르는데 생각한다

양철 지붕에 비 듣는 소리는 언제나 과장의 문법에 충실하고
그것도 모르는 기둥은 덩달아 흐느끼니
기둥 틈 낯선 잎사귀 보면서 무슨 꽃 필까 물으면
아버지는 꽃 피기 전 꽃 이름 말하지 말아라 하시니
내가 알고 있는 몇 가지 꽃 이름
분명 그것은 아닐 거라 생각하면서도 혹시나 하고 살핀다

언제나 마음 졸이며 마음속 토할 것 참고 있는데
자목련, 연산홍, 그것들 붉은 피를 토하며 섧다 하네
하루해 식물도 아닌데 그 겨울 추위에
삭도를 들이밀어 바람이 되었고
바람의 먼지들 앞다퉈 내게 오니 어이없다

＞
비는 사그락대고
나비 한 마리 이미 날개가 젖어 푸덕일 뿐인데
차설借說 비 떨어지기 전 넓은 잎 밑에 들어야 하는데
너무 멀리 떠나온 길이 사그라진다

"님하, 그 강을 건너지 마시오"*
여인의 슬픈 고함을 노랫소리라 하니 참으로 기발하고
그리 부르는데 뒤도 보지 않고 떠나는 그대는 말이 없다

그대는 어이없음을 건너갔고
나는 언제쯤 이 가려움증을 건너갈 것인가

도하渡河,

하루 신수 화투패 찬란한 것 보니
어제도 오늘도 그냥 봄이다

* 고대가요 「公無渡河歌」의 첫 구.

말복

우리 부부는 하늘에 산다
공사가 다망하여 아이를 땅에 맡겨 놓고는
휴일에 아이를 보러 땅에 간다
오늘은 아이 보러 가는 날
샤워를 하고 약간 둔탁한 향수를 뿌린다
수염은 깎지 않고 옷만 갈아입는다
아이 얼굴에 내 얼굴을 비비면
아이가 까르르 웃으면서 나를 밀어낸다
아이의 엄마는 눈을 흘기며
아이의 발밑으로 웃음을 뿌린다
귀밑머리 길어져
이제는 제법 어른티가 올라와 있다
천 개의 풀잎들이
묘비명은 무사하다고 좋알거리고
키 큰 까마귀 몇 마리
말복주 없냐고 대꾸질하는데
엄마의 목덜미에는
벌써 굵은 땀방울이 흘러내린다
그리고 보니 오늘이 말복인 것이다

제3부

키득, 키득

잠바 차림의 늙수그레한 사내 하나가
분주한 양복 차림의 사내들에게 칼을 판다
이빨 성한 양복 차림의 사내들에게 앞니 세 대나 빠진
그 사내가 칼을 팔러 다가오는 것이다

아주 깍듯한 상자 안에 든 칼 여섯 자루
칼자루는 금박의 상표이고, 날은 절제되어 있다
작은 과도용 칼부터 네모난 식육용 칼까지
거기에 만능 가위까지 이만 원의 헐값에 팔겠노라
칼로 종이를 죽, 죽 베어가며
양심을 팔겠노라 일합을 겨누고 있다

사무실의 업무 시작 전, 그 바쁜 순간에도
무림의 고수, 그 사내는 여기저기 잘도 헤집고 들어온다
하나 더 사서 처갓집에도 선물해 봐
처갓집 없으면 처갓집도 팔아
중치의 칼을 휘두르며 잘생긴 젊은 양복들에게 일합
키득, 키득

칼이 여섯 자룬데 칼 가는 것이 왜 없는가

쓰면 쓸수록 더 잘 드는 것이 이 칼이요
칼 가는 것이 필요 없소이다
육절 칼 휘두르며 일합.
추풍낙엽으로 키득거린다

한 박스, 두 박스 하여
일곱 박스가 팔릴 즈음
이 무림의 고수 앞에 떡하니 나타난 김 부장
이보시오, 아침 업무 전에 뭐 하는 짓이오
버럭 그 잠바에게로 짓쳐 들어가는 것이다

조무래기 양복쟁이들 찔끔하여
서류 준비하는 척하며 탕비실로 몰려가
모닝커피 한잔하며 저마다 한마디
저 잠바 사내 장사 다 틀렸다고 키득거린다
김 부장의 서슬에 걸렸으니
그 고수의 최후를 두고 키득거린다

그 잠바의 사내는 흔적도 없고
세 박스 더 사주는 조건으로

오천 원을 일괄 할인하는 걸로 승부는 갈렸다
과연 우리의 김 부장님, 협상의 달인,
무림의 고수 잠바 차림의 사내를 무장 해제시키고
넥타이를 고쳐 매만지고 있었다.
내 책상 위에도 오천 원 지폐가 전리품처럼 놓여 있다

점심시간 때 밥을 먹고 있는데
신입이 김 부장의 눈치를 보며 귀엣말로
아침에 그 칼 온라인에서
배송비 무료에 만팔백 원에 팔던데요
하마터면 입속의 밥알이 튀어나올 뻔했다
키득, 키득, 킥, 킥

명자 피다

그날 반여동 삼거리에서
우연히 명자와 마주쳤다.
중학교 졸업 후 실로 사 년 만이었으나
나는 못 본 체 지나쳤다.

명자의 빨간 구두는 빛나는 햇살이었다.
나보다 저만치 먼저 피었다.
갓 대학생이 되어 데모대 꽁무니 따라다니던
나는 머쓱하였고
붉은 보자기에 마호병, 찻잔 싸들고
명자는 어느 사무실에 영업 가는 중
한 손으로 엉성하게 햇빛을 가리는지
얼굴을 가리는지
세상을 가리는지 머쓱하다.

삼월 꽃샘추위 끝에 명자꽃 필 때면
교실 환경 미화로 왁자하여도
명자 일행은 이리저리 몰려다니며
넓은 게시판에 분탕질을 친다.
교실 밖 화단에는 명자꽃들이 다투어 일어서고

소소리바람도 이미 끝났는지
교실 안에서는 꾀죄죄한 조무래기들이
명자의 기세에 찍소리 못 하고 보고만 있다.
가난하여 겁 많은
고등공민학교 아이들은
세 살 많은 동급생 현배의 뒤가 무서워
명자의 예쁜 얼굴도 볼 수 없었다.

올봄에도 교정에는
분수같이 엇갈리는 가지마다
붉은 루주의 입술을 들이대는
팥알만 한 붉은 꽃,
명자꽃은 활짝 피었겠지
피는 명자꽃에 오는 봄은 멈칫거리겠지

그날 반여동 삼거리에서 만난 명자는
활짝 피어있는 듯하여
나는 멈칫 못 본 체 지나쳤다.

저 무모한 직립

나이 든 펭귄과 모퉁이 술집에서 술을 마셨다

가슴만 넓어진 멋대가리 없는 늙은 펭귄은
나도 한때 비상하는 날랜 날개 있었다 한다
이제 날개는 어깻죽지에 겨우 붙어
얼음 빙판 위를 잘 미끄러지게 한다고 하였다

비대한 뱃살이 처져 갈큇발만 겨우 보이는 오래된 펭귄은
나도 한때 잘록한 허리로 몇은 후리고 살았다 한다
이제 처진 뱃살은 시린 겨울의 칼끝을 받아내는 방패라
고 하였다

나는 서너 잔쯤 더 권하였고
눈이 빨개진 늙은 펭귄은 가슴은 더 넓어질 것이며
뱃살은 더욱 빛날 것이라, 기형이 아니라 무기라 말한다

세상 살아도 변하지 않는 좁은 가슴, 긴 다리의 사람들은
자신만이 날렵하고 늘씬한 줄 아는
자신만이 자신의 무기인 줄 아는 허영의 동물이라 힐난한다

>
집에 도착했을 때는 밤이 늦었다
나를 기다리며 무료함을 달래는 아내가 보는
다큐멘터리 '남극 펭귄 생태 기행'
기형적인 몸매로 한 무더기가 되어 멋대가리 없는 넓은 가
슴으로
바람과 폭설을 막으며 중심에 있는 펭귄을 보호하는 것이다

아! 저 무모한 직립.

잠시 후 짧은 다리로 조금씩 움직이며 중심과 변방의 위치가
서로 바뀌는 것이다

고통을 나누는 생존의 직립,
내가 권했던 기고만장한 술잔은 별처럼 사라졌고
나는 어안이 벙벙, 고요한 펭귄이 되고 싶었다.

돌아가는 길

멀리 있는 친구가 찾아왔다
허리춤에 느즈막한 여자 하나
꿰차고 왔다
그 여자 때문에 화천, 인제, 양양으로
돌아왔다 한다

꿈에 부푼 게으른 달이
젖은 지구를 돌아
이제야 동쪽 하늘에 걸려
바쁜 걸음 한 척 훌쩍거리니
별빛이 참 맑다

더욱더 게으른 봄이
옷자락에 묻은 눈을
털지도 않고 숨소리 거치니
멀리 돌아온 것 같다

오늘만큼은 나도 게을러
온 길 다시 돌아가는 길
아직 피지 않은 꽃들이 있다면

발 함부로 옮기지 않고
느긋하게 기다려
피는 꽃 촘촘히 세어보고 싶다
꽃들의 게으른 웃음소리 듣고 싶다

사랑의 대안은 시드는 것이거나

사람들은 오랫동안 대안을 만들어 위로를 받았다

삶의 대안으로 전쟁을 고안하고 전쟁의 대안으로 꽃을 보
낸다
푸른 나무의 대안으로 더 푸른 플라스틱을 고안하고
권력을 갖기 위해 역성을 고안하고 역성은 모반을 그리
워한다

꿈을 갖기 위해 유채색을 고안하고 유채색은 가벼워 헐거
워진다
불화를 대신해 글자를 고안하고 글자는 때로 흘러내리기
도 한다
기다림은 걷는 것을 고안하고 만남을 대신해 기다리는 것
이다

사직동 어딘가 대안학교에 출입하던 때
그 건물 뒤편에서 기다렸던 것이다
날 새는 줄 모르고 하염없이 고갯길을 걸었던 것이다

사람들은 이제 대안을 목표로 원안을 버리고

차선을 그리워하며 최선을 외면하는 습관에 결박되어
그리하여 슬픈 것이다

사랑하는 것의 대안은 시드는 것이거나
혹은 죽어가는 것이다

너, 풀

늦게 귀가한 한밤에
술상 차려라 채근하니 아내는
토라져 안방행 지하철을 타버렸다

혼자 냉장고 문 열고
어제 밥반찬 손에 잡히는 대로 모자란 술 채운다
식탁에 미역 나물 올려놓고
한산도가에 꽃구경 가
꽃만 구경하기 미안해 얼떨결에 산
동동주 한 병.
그리고 올릴 것 없어 나를 올렸다

오, 저 짠물 밑바닥 긁으며 너풀대며 살았던
너 풀이 되어 온 세상 떠다닐 듯 흔들려도
키만큼 움직여 본 적 없는
그래서 더욱 질긴 미역 줄기 너풀너풀

한산도가에서 온
동동주의 쌀알은 술 익는 동안
술도가 그 큰 세상을

너풀너풀 떠돌아다녔는가

내 삶은 말할 것 무엇 있을까
먼 세상 갈려고 너풀거리며 살아도
제자리에서 너풀거릴 뿐
이 식탁에 올려진 너나 나나
오직 한 무더기 풀이었음을

술 취해 들으니 식탁이 하는 말
너, 풀!

신발

추석 전날 소소기업 하는 친구에게 전화가 왔다. 대여섯 명 되는 직원 봉급 겨우 맞추고 지쳤단다. 이대로 가다간 폐업 절차만 남았다고 우울하단다. 내가 해줄 수 있는 일이 크게 없어 남해횟집 가서 술 한잔했다. 한 잔 술이 위로가 되겠냐만은 일부러 즐거운 표정을 짓는 친구가 안쓰러워 늦게까지 잔 기울였다. 일어나기 전 화장실 간다더니 이미 친구가 계산을 끝냈다. 폐업 앞둔 놈이 무슨 계산이냐 했더니 황천길 전이 여유롭단다. 쓸데없는 놈 핀잔을 주면서 나와 보니 신발장에 내 신발이 없다. 없다기보다는 내 신발과 똑같이 생긴 신발인데 헐어지고 커진 신발이다. 내 신발 잘못 신고 간 손님 어지간히 점잖은 사람이다. 개차반 성격 감추려고 얌전한 랜드로바 신고 다녔으니

어쨌든 그 후 아내가 다른 사람이 신던 신발 집에 들이는 것이 아니라며 쓰레기통에 버려버렸다. 사람으로 치면 황천길이요, 공장으로 치면 폐업인 거라

두 달 후쯤 어느 날 소소기업 하는 친구에게 전화가 왔다. 술 한잔 청해 와서 아이구 문제가 터졌는 게다 생각하며 남해횟집으로 갔다. 다행히 내 예상과는 달리 동업자를 구하고

그 동업자가 실력도 있고, 업계에 잘 아는 사람이 있어 곧 일어설 것이란다. 친구는 희망을 이야기했지만 그쪽 일을 잘 몰라서 이것저것 겉도는 이야기를 하다가 술자리를 파했다. 내가 계산할 차례인데 호기롭게 술값 계산하는 놈의 모습을 보고 시큰둥하여 나가다 남해횟집 신발장 맨 아래 구석에 먼지 뒤집어쓴 내 신발을 발견했다. 반가움보다 버린 신발이 생각나 뜨끔했다. 그 손님 어지간히 벽창호만큼 정직한 사람이다. 멀리 이사하며 일부러 신발 갖다주러 왔다는 것이다. 사람으로 치면 운수 대통이요 공장으로 치면 기사회생인 거라.

어쨌든 그 후 신발 먼지 털면 깨끗하다 일렀으나 아내는 집 나갔다 들어온 신발 신지 말라며 쓰레기통에 버려버렸다. 친구의 호들갑 덕분에 내 신발만 두 번씩이나 폐업을 당한 꼴이 되었다.

포크레인

내가 어제 한 일은 아름드리 단풍을 옮겼고
어느 집 마당에 너럭바위를 심었다
어설픈 사람들이 높이와 수평을 잡는 동안
나의 아가리는 허공을 향해 기립 박수를 쳤다

하늘은 정말 높아라 나의 아가리로 하늘을 터뜨리고
싶다. 하늘은 지구의 궁륭,
지구는 나의 궁륭
한순간 지구는 사라질 수도 있겠다

나의 심정은 언제나 지구의 중심으로 향해 있건만
나의 이념은 벌써 지구의 중심에 가있건만
행동은 누구에 의해 겉도는 것이 삶이란 말인가

오늘 내가 고용한 사장님은 일가 결혼식 가고
여름 한낮 뙤약볕에 그냥 퍼질러 앉아있자니
지구의 중심엔 언제 이르겠는가
콧털이 근질거려 재채기 한번 해본다
토마토 같은 피부가 설설 끓고
성미에도 맞지 않는 바람이 슬슬 내 엉덩이에 수작을 건다

>
시대는 언제나 잘못된 전제를 안고 있다든가
지독한 환경은 목표의 발목쯤에 매복한다는 말 믿지 않는다
나의 본질은 철저하게 이글거리는 노동이니
그르렁거려 땅의 중심을 파 제끼고 싶은 것이다

가벼운 새 한 마리 내 근육질 팔뚝에
앉았을 뿐인데 팔뚝이 휘청
마음이 움찔한다

지구의 중심으로 향하고 싶다

고수高手 1

스스로 해서체의 고수라 말하고
그의 스승 국당선생도 인정하는 말씀이 있어
나는 백산선생을 해서체의 고수라 생각한다
글을 쓸 때에는 어찌나 붓놀림을 쉽게 하는지
손짓작으로 좌우 여백과 자간의 거리를 벌리고 메우는데
그야말로 고수의 풍모란 목구멍에 술 넘기듯
부드럽게, 쉽게, 나긋하게 붓을 내리찍고 들어 올려
먹물의 스밈을 조절하여 갈필을 만들기도 한다

그런 어느 날
개집도 한번 만들어본 적 없는 백산선생
산속에다 작업실 짓는다고 인부 들여 집 짓는 것 보고
참 별 재주가 저리 많은지 했다
혼자 설계, 감독, 감리까지 뚝딱뚝딱거리더니
세 달 만에 황토집 한 채 우뚝하니 섰다
해서체의 고수답게 들보에 일필휘지 상량문 적고
기둥 삼면에 초서로 된 시구로 각을 파 걸고
어디서 묵은 기와 구했는지 지붕부터 담장까지 기와를 두르니
금방 지었음에도 몇십 년쯤, 몇백 년쯤
참 고색이 창연하니 이제 집 짓기 고수로 나서려나 했다

>

　그 후 만면에 웃음 가득한 백산선생 부인이 하룻밤 주무
시는데
　그날따라 참았던 마른장마 우중충하더니 비가 터져버렸다
　산속의 옛집에 비가 오니 운치 있어 풍광 즐기다
　백산선생 부부 간에 잠이 들었는데
　새벽녘 천장에 슬몃 물빛이 비치더니 방으로 물이 떨어지
는 것이다
　백산선생 황당하여 양동이 받치고
　마누라 볼 면목 없는 표정으로 걸레질 한창인데
　백산선생 부인 잠결에 한마디
　'당신 비 새는 것도 설계할 때 계획된 거지요' 하며
　다시 잠이 드는 것이다

　백산선생 집 짓기 고수로 등극하는 반짝 순간이다
　양동이에 떨어지는 낙수 소리 박수 치는 것이다

고수高手 2

낌새가 이상하여 누운 채 살폈다
눈을 감고 살기가 터져 나오는 곳을 가늠하니
정확히 80미터 좌측방의 살기이다

고오오오, 꼬오옥
희미하지만 마지막 일격의 소리가
들리는 것 같다
다급하여 더욱더 고요하게 들리는 소리는
짧고도 기이하다
소리도, 핏물도, 고통도
잠시
고오오오, 꼬. 들려오는
신파조의 뽕짝, 그 두터운 소리와
강철같이 팽팽했다가 풀어지는
시간만으로도 알 것 같다
족제비든 살쾡이든 닭장 앞 약간 솟은 바위에 앉아
닭이 철망 밖으로 머리를 낼 때까지
허리를 한껏 구부려 2시간 30분 정도 기다렸을 것이다
순간 솟구쳤을 것이고 칼날로 후렸을 것이다
찰나에 멱을 거두었을 것이다

>
옆집 닭 주인 아침에 일어나
닭장 울타리 안쪽과 바깥쪽에
몸통과 머리가
따로 놓여 있는 것을 보게 될 것이다
오늘도 어지간히 더운 하루일 것이다

잉여의 힘

산백토로 접시를 정성스레 빚어 가마에 굽는다
애초의 모습과는 달리 접시의 벽이 안쪽으로 기울어져 나온다
못난 접시,
손님상에는 낼 수 없는 접시
1,200도, 불의 힘이 한쪽으로 집중되었다고 나는 생각하지만
수미공방의 방장 김수미 씨는
불의 힘이 아니고 그릇을 빚을 때
보이지 않는 힘이 너무 많이 간 것이라 한다

어느 한 지점에 숨어있는 잉여의 힘
육안으로 볼 수 없는 힘이 접시의 벽을 휘청이게 한다
모든 영혼은 흙으로 돌아가므로
물렁한 영혼은 잉여의 힘을 기억하고 상처받으므로
균일한 힘의 전설이 필요한 것이다

깃을 쳐 하늘을 나는 새가
때로는 날아가는 것이 아니라
바람의 길을 따라 흘러가는 것이나
거대한 바위가 새의 발자국으로 눌러져
휘어지는 것도

모두 보이지 않는 힘 때문인 것이다

내가 세상의 가마에 들어갈 때마다
쇄골이 꺾이고 갈비뼈가 웅성거리는 것은
세상의 보이지 않는 힘 때문인 것이다
보이지 않는 힘을 받아
때로 휘청휘청 휘어지는 것이다
잉여의 힘을 기억하고 상처받는 모든 생이
세상의 가마에서 못난 접시로 굽히고 있다

그곳 목련

엊그제 속초에 큰 산불이 있더니
어제는 진눈깨비가 하루 종일 내렸다 한다

산불의 보폭은 너무 커 성큼성큼
산을 뛰어 내려와 민가를 밟고 또 뛰어
영랑호에 자결을 하였다 한다

속초고등학교 기숙사도 타고
보광사도 타고
영랑호는 그을음 냄새만 났다 한다

옛 친구 영민이는 대피령이 내려
아픈 아내 들쳐 업고 처제 집으로 피난 갔다 한다

기철이 젓갈 공장까지 붉은 파도가 덮쳤다 하고
밀려 나갔다 한다

전기 설비하는 암 걸린 영춘이는 발화 지점인
원암리 변압기 교체 작업에 차출되어 갔고

>
설악산은 묵은 눈 위로 어제 내린 눈이 덮여
하얗게 늙어가고 있는 중이었다 한다

이곳 남녘의 목련은 활짝 피었고
봄비 한번 오면 후두둑 떨어질 태세인데
그곳 거리의 목련은
이제 벙글리려다 혼비백산하였다 한다
올봄에는 그곳 목련꽃 봉오리로만 오래 있겠다 한다

관수 죽다

열네 살에 떠난 고향 그리워
육십 가까워질 무렵 고향 찾아 초등학교 동창 두어 번 만나
겨우 얼굴 익히고 그 얼굴 그리워서 또 고향 갔는데
친구 모인 자리에 건축 일하는 관수 놈 얼굴 보이지 않아
의리 없는 놈이라 친구들이 쏘아댔는데
다음 날 목맨 채로 혼자 살고 있는 원룸에서 발견되었네

이유를 알 만한 고향 친구들은 입을 다물었지만
대찬 관수보다 더 대찬 세월 만나
이빨 사이에 찬 세상의 바람을 물고 떠났을 테지

만나기만 하면 그렇게 싸워대던 승민이는 어젯밤 이미 살
풀이 한판 하였는지
입을 다물고 멀찌감치 앉았고

어젯밤 같이 술잔 기울인 점잖은 영민이는 나타나지도 않아
어디서 안타까운 눈물 흘리는지

보광장례식장 옆 보광병원 702호에 입원한 영춘이는 친구
죽음만큼이나 고상한

'씨펄, 씨펄'만 연발하다 예복을 가져온 딸 덕분에 조용해졌지

식당 하는 세영이는 손님상 차리다 말고 소주 한 잔 입에 털
어 넣고
'미쳤어, 미쳤어' 속엣말 중얼거린 거지

오랫동안 고향 드나들어 관수를 잘 아는 성호는
차마 관수의 영정을 볼 수 없어 장례식장 밖에서 눈 맞고 있고

관수가 누군지도 모르는 옥령이는
큰 눈 끔벅이며 무슨 일이냐는 표정이고

두어 번 술잔 기울인 나는 되지도 않을 관수의 과거를 조합
하느라
담배만 연거푸 쭉, 쭉 빨아젖히고

그 와중에 동창회장 미숙이는 경상도에서 온 친구들에게 줄
가자미식해를 샀을 거야
아직은 푹 삭지 않은 꼬들꼬들한 가자미식해를 샀을 거야

>
곧 떠나야 하는 나는 죽어서야 특실로 들어선 관수를 본다
보광장례식장 3층 특실에서 관수는 눈발 날리는 창문을 물
끄러미 쳐다보고
참 헐겁고 쓸쓸한 장례식장
떠난 아내와 두 딸이 있다 들었는데 행방은 묻지 않았어
관수는 그 아내에게 백 번의 연애편지를 썼을 테고
두 딸을 백 번은 안았겠지 생각했어
그리고 백 번은 생각하고 이 느슥한 길로 들어섰겠지

먼 길 재촉해야 하는 경상도 길
밖의 눈발이 굵어져서 펑펑 쏟아지는 것이야
속 달래려 먹었던 곰칫국처럼 애간장 풀어가며 오는 거야
꼭 관수가 눈발 되어 날리는 거였어
우리 갈 길 막아서는 거였어

제4부

참회

서쪽 하늘에 걸린 그믐달
새벽바람에 벼려낸 날카로움
내 언젠가 뒤란의
대죽 여물 때 기다려
그믐의 낫날을 세워
내 목을 칠 것이다.

아직 그때에 이르지 않았으나
사운거리는 내 등 뒤가
곧 환해질 것이다.

배후가 환해지더라도
뒤를 돌아보지 말 것이다.

앞서간 세월의 둔기가
내 목을 칠 것이니
진퇴양난의 가운데에서
그저 침묵할 것이다.

먼 곳

하루가 가기 전 먼지밭 사이에 버려진지도 모르고
나는 흙더미에 콧등을 대고 아늑하다 숨을 쉽니다
서쪽 하늘은 아무렇지도 않은 듯 달려온 해를
말끔히 받아주었습니다
나는 지치지 않았으므로 물끄러미 다홍 꽃 핀 하늘로
조금 더 가고 싶었습니다
요란스럽게 하루해를 탈탈 털어내는 서쪽 하늘에는
내가 사랑할 만한 사람이 있으리라 생각했습니다
그렇지 않고서는 고단한 온갖 것들 받아내고서도
저리 붉을 수는 없단 말이죠
서쪽 하늘은 내가 간 만큼 멀어집니다
조금 가면 조금 멀어지고,
아주 조금 가면 움직이지도 않는 듯 보입니다
그러면 서쪽 하늘은 나와 일정한 거리여야 하겠지만
어느 순간 저만치 멀어져 까마득합니다
실은 그리 먼 곳도 아니라 생각되어
몇 발자국 옮기고는 개천의 풀밭에 앉아
흐르는 물에 개여뀌 몇 송이 던지고
여울목에서 그 몸을 어떻게 떨며 가는지 보았고
몇 발자국 뒤에는 너럭바위에 앉아

길고양이들의 비애를 듣고
철 지난 갈대와 부들의 떠드는 소리를 기록하면서
힐끔 서쪽 하늘을 보았을 땐 아주 멀리 민얼굴로 웃습니다
서쪽 하늘은 언제나 마음마저 붉게 물들게 하지만
한 번도 이르지 못한, 그 변곡점 너머에는
언제쯤 이를지 막막하였습니다
그때쯤 사위는 어두워 오고
내일은 꼭 서쪽 하늘에 이르기를 눈물로 삼킵니다
그리하여도 서쪽 하늘은 여전히 붉은 채로
나를 기다린다 생각하였습니다

파꽃 편지

오래된 책장처럼 누워
흰 바람 맞던
얇아질 대로 얇아져
펄럭거리던 사람아
겨우내 빛바랜 투명한 잎맥이여

삼월이 오니
땅의 견치 같은 그리움 솟아나고
더 이상 쓸 만한 이면지도 없고
무어라 써야 할 마음이 없어
이미 비어있는 속은 더욱 비어가는데
어찌 그리 당당하게 솟아 나오는가

봄의 조짐이 벌써 뜨거워 오니
오월의 초사흗날
그대의 뒷면에
무언가 적을 수는 있겠는지 아련하다

급한 마음 언제쯤 누르고
그대의 공명관을 잘라 펴

여러 장 잇대어 소식을 전할
편지지를 구할 수 있겠는가
꽃 같지도 않은 수더분한 맵시는
나와 꼭 맞는 장식처럼 겸연쩍다

사그락대는 핏줄 같은
투명한 잎맥의 연서는
언제쯤 부치게 될 것이며
어느 우체부가 바스러뜨리지 않고
조심스레 그대의 손에 건넬 것인가

곧 희미한 기억의 계절이 지나면
오월의 그날이라 여기고
나 다녀갔다 생각하시라

외면

나는 지금 모퉁이를 돌고 있습니다
그 순간 지나온 한 면은 나를 외면하고
깍듯이 잊고 말겠지요
더 가면 베스킨라빈스 근처
곡각지가 나오겠지요
베스킨라빈스 윈도에는 얼음꽃이 만발하고
얼음꽃은 언제나 웃지요
모든 사람들에게 웃는다는 것은
모든 사람들을 외면한다는 것이겠지요
나는 그 웃음이 튀어나올 때까지 기다리지요
그 웃음에 깃털을 심어
창을 뚫고 튀어나오도록 열중하는 바람에
당당한 시내버스가 산동네로 올라갑니다
손을 들었지만 시내버스는
눈만 끔벅여 추파를 던집니다
차에는 구면인 사람도 있었지만
손 인사도 없이 가다니 체면이 말이 아닙니다
쏜살같습니다 금방 다시 오겠다는 것인지
건다짐만 같아 눈물이 납니다
길 건너 GS25 편의점은 안녕하신가요

나에게는 추억이 깃든 편의점이라나요
거기 벤치에 앉아 지나는 사람들에게 물어야겠어요
설외와 누운외가 촘촘히 가지런한
모옥의 틀이 여기 어디쯤 있냐고요
슬픔의 습기가 통하도록
설깃설깃 짚으로 엮을 만한 곳이 어디쯤 있냐고요
지나는 몇 사람 물었으나
꼭 집어 말하는 사람이 없더군요
저런, 산동네를 돌아 시내버스가 길 건너
지나가고 있습니다
날 찾는 듯하더니 그냥 가버리더군요

적막을 깨면서 놀고 싶다

올겨울 어느 날
내가 조금이라도 생각난다면
전라도 신안의 소금촌으로 들어서자마자
세 번째 염전의 소금 창고로 와보시기 바랍니다
겨울이라 소금 생산도 줄었고
김장철 금방 지나 쌓인 소금도 다 나갔으니
그대 하나 더 온들 비좁지는 않을 겁니다
싸늘한 소금 들판의 바람이
판목 사이로 비집고 들어와 우리 마음 헤쳐 밀어도
바닥에 남은 소금 뿌려가며
매캐한 삼겹살 구워대는 만큼
그 적막은 따뜻할 겁니다

올겨울 어느 날은 주문진쯤이나
그곳이 너무 멀면 강구쯤에 들러
강구항을 돌아,
흥청망청한 강구항을 벗어나
불빛도 사그라들고 적막이 보이도록
길 끝까지 오시기 바랍니다
마지막 집, 손님 없는 식당에서

한가한 주인과 같이 술 한잔하면
이 적막도 깨어질 듯합니다
절로 노래 한 구절 나오겠지요
그러다 보면 드라마 최종회를 보고는
눈가가 축축해진 주인댁도 합류하게 되면
더욱 바다의 적막을 읽어갈 수 있겠지요

그것도 어려우면 올겨울에는
해인사 홍류계곡으로 오시기 바랍니다
해인사를 지나쳐 길 막힌 거창 쪽 산길로 오다 보면
그 길 끝의 고불암의 높은 곳까지 이르러
커다란 적막을 만나게 될 겁니다
그때 오랜만에 나를 만나게 된다면
고불암 수목장 입구에서 겨울, 산, 밤의 적막을
깨면서 놀고 싶습니다
그대와 함께,

사라진 길

길은 떠나간 너의 뒤를 쫓아 실타래처럼 풀려
사라지는 중이었다
나는 부란부란 시선을 거두지 못하고
고요하며 깊게 바라보았다

때로 매듭에 걸려 틱틱거리며 느려지기도 했고
길의 얼레가 긴장하여 팽팽해지기도 했다
보풀처럼 먼지가 일었다 헤드라이트에 걸려들어
첫눈 같은 싱싱한 신비가 우왕좌왕거렸다

삭은 기억들이 사랑한다 귀뜸했지만
어쨌든 길은 풀려 가고
기억의 근육에 찾아온 류머티즘이 발작을 준비하였다
회복될 수 없는 출렁이는 그리움의 치매일 것이라 생각했다
떠난 길은 모든 걸 기억하였고
나만 사라진 길에 대한 기억이 가물거렸다

길의 명치, 아릿한 길의 명치가
내 스웨터를 가시처럼 걸어 털실로 풀려 가게 하고
나도 가뭇없이 풀려 갔다

가속도가 붙은 길의 행적은
풀려 가는 털실로 전송되는 듯하면서도
참 빨리도 사라졌다

길이 시야에서 사라지는 속도에
내 마음의 적막도 신나게 풀려 가는 이율배반,
곧 벌거벗은 내 가슴께가
훤히 겨울의 입구에 드러날 텐데
매운 명태찜의 가시 때문에 생긴 입안의 스리가 쓰라렸다

상처는 준 자와 받은 자를 구별하지 못했고
어쩌면 계절도 시간도 나누지 못했다
밤눈이 어두워선지 나는 내일의 벼랑으로 떨어지지 않았고
길의 끝에서 길을 찾고 있었다
길은 그렇게 사라졌다

핀잔

칠월에 핀 자목련 한 송이를 두고
옆집 팔순의 할머니가
저런 저년이 떠난 서방 기다리다가
이제야 늦장이라고
핀잔을 쏘아버렸네

칠월에 잘못 핀 자목련 한 송이처럼
나는 가겠네
어제의 무엇으로 오늘 당신에게 이르겠는가며
한밤을 뒤척여
이미 삼월에 우수수 떨어진 꽃잎 뒤쫓아
핀잔을 앞세워 겨우 가겠네

윤기 나는 이슬들이 풀잎들을 숙지하고
해 뜨자 재빠르게 잊어갔던 것처럼
등짝 두드려 떠밀려 가겠네
그냥 아픈 것 없이 가겠네

때늦어 부끄러워 붉어진 것 아니니
밤새 뜬눈으로 세상을 뒤집는 새들처럼

서둘러 잘못 핀 세월을 꺾겠네
다시는 내숭 떨지 않고 서둘러 가겠네
가지 끝의 생장점이 전진 중이고
불꽃이 튀었네

지척咫尺

올여름 더없이 붉은 능소화가 왈칵 피었어
바로 눈앞에서 피기 전에
후드득 지듯이 왈칵 피었던 거야
색맹을 앓고 있는 버마재비는
본능적으로 좁은 잎사귀를 벗어나지 않고
그 붉음의 아픔을 외면하다니
쯔, 쯔,
방하착(放下著), 선구를 외면서 졸고 있었던 거지
무엇을 짊어지고 가고 있는지
무엇을 벗어놓고 가라는 것인지
선승의 가르침은
난청을 앓고 있는 새들이 물어 온 새벽보다
어두워, 어두워, 어두워
새들이 낄낄거리는 소리는 점점 가까워지고
우죽거리며 잠 없는 바람이
골짜기를 넘고 있었어
사람의 마을에서
전동기 돌리는 소리가 들려오는 걸 보니
유리알 같은 불면증의 그 사람이 오는 듯하여
의아스러운 거리가 좁혀지고

보지 않아도 늦게까지 꽃즙을 빨았던 개미들은
아직 기침도 하지 않았고
별난 것들만 하릴없이 분주히 떠돌아다니겠지
그 아래, 능소화 거망 아래
그 사람의 문체가 도드라져 보이는
석등 하나 밝게 빛나는 것 같아,
흐흠.

그날

내가 뒷산 상수리로 있어
언제부터 그 자리에 천 년쯤 있어도
어김없이 그해 그 날짜에 몸을 털어
고라니, 청설모 한껏 살찌우게 하겠네

내가 한해살이 꽃풀로 있어
언제 바람과 내통의 길로 빠져도
어김없이 그날 꽃 드리워
세상 밝게 받쳐 들겠네

내가 산등성이 바람으로 있어
여름내 소소히 한적하여도
어김없이 그날만은
민들레 꽃씨 날리게 하려고
용써 등성이 밑으로 달려가겠네

내 명이 천 년쯤이라면
한 백 년쯤은 허투루 보내는 시간으로
살아도 아깝지 않겠네만
내 명이 열흘쯤이라면

그중 하루,
바로 그날은
그대 위한 기찬 일들 준비하겠네

언제나 일찍입니다

도서관 옆 호랑가시나무 울타리
서고에서 외출 나온 활자들이 가시 사이를 드나들며
세상에 없던 문장들을 만듭니다
빛의 문장들이 사그라드는 겨울을
재촉하며 더욱 세게 밀어냅니다

호랑가시나무에 봄물이 올라 잎눈이 터지려 망설입니다
뿌리에서 기어 나온
그대 마음에서 기어 나온 부전나비 가시애벌레 한 마리
일찍도 나와 갈 길 잃고 꼬물댑니다

언제나 일찍입니다
가시애벌레에게는 언제 행차한들 너무 일찍이라고
핀잔을 주는 것같이 가시가 날카롭습니다
엷은 애벌레의 피부가 닿아도
호랑가시나무는 가시를 꺾을 생각이 추호도 없는 듯합니다
가시 끝에 머무를 수 없어 머리만 주억대다가
가시 너머 절망은 절벽처럼 난감하기도 하고
허공처럼 아득하기도 합니다

\>

돌아서서 호랑가시나무 잎눈의 대문을 두드리면,
혹은 그 앞에서 한 세월만 기다리면 될 텐데
재촉도 병이어서 더욱더 가시 끝에 서서
가벼운 몸이 무거워지도록 기다리고 기다립니다

몇 번의 탈피와 용화를 잊은 채
무거워진 몸이 다시 가벼워지도록
기다리고 기다리면 그대를 향한
날개의 꿈이 가시 끝에서 영글 수도 있습니다
가시애벌레의 습관처럼 일찍 가겠습니다
호랑가시나무의 고집처럼 가시를 꺾지 않겠습니다

바람을 기억한다

둑방 너머 잡초 더미에
꺾인 날개를 퍼덕이며 바람의 하루가 잠들어 간다
바람이 그 뒤의 바람을 부르고 또 부르는데
뒤를 부르지 못하는 나는
쓸데없이 바람의 중량을 생각한다
늘어선 목책의 난간에 서서
세상의 끝은 여기가 아님을
시린 가슴 펄럭이며
뒤에 올 마지막 바람을 생각한다
마지막 한 올 빛을 단 물바람이
코끝에 찡하게 닿으면
나는 그것이 꾸중이라 생각하고
투덜거리며 온 길 뒤돌아본다
돌아갈 수 없는 길이다

잦아든 바람이
잡초 무성한 언덕배기에 아무렇게나
몸 누이는 늦은 저녁
내밀한 둑방,
출렁이는 길섶

바람이 벗어놓은 이슬 옷은

비늘로 반짝이기도 한다

찾지 않아도, 부르지 않아도

나 오늘은 늦게 당도한 바람처럼 위장하고

잠든 바람 사이에 슬쩍 끼어들어

그들의 꿈 훔쳐보고 싶다

그 꿈 헐거워질 때 기다려

나도 바람 되어

한 몸으로 섞여 흥청거리고 싶다

시집詩集

시집이 비애롭군요 그리고 화가 잔뜩 났어요
꽃집을 노려보면서요

붉은 수국처럼 열이 났지요
선정되지 못한 책들의 마음이 징징거려요

와유臥遊라는 말 정신은 어디서든 놀고 있어요
이리저리 떠돌아다녀요

계절이 바뀐 지도 수십 번인 것 같은데
그대는 아직도 나를 기다리지 않아요

불화不和 같은 세월에 도화 띄운 지 참 오래되었어요
전기스토브의 열선이 고장이 났지만 시든 도화가 톡톡 튀어요

>

겨울이 끝나가니 전기스토브와의 교감이 식어져요
이러다 가끔 부록으로 오는 친구의 술상이 되겠지요
전기스토브는 기가 차서 피식피식 웃어요

따뜻함이 스며드는 새벽에 흰 벽을 보아요
허허벌판처럼 막막하지만 김이 서려 피어올라요

그렇게 하루가 가자 다른 하루가 시작되어요
하루와 또 다른 하루는 구분이 가지 않아요

허행 虛行

'한 사람의 닫힌 문'¹을 두드렸습니다.
열리지 않는 문을 두드렸습니다.
철커덩하고 열려 주기를 바랐으나
봄 내내 문은 잠겨있었습니다.

나는 마냥 기다릴 수 없어
꾀를 부려 우체국으로 갑니다.
'그리하여 흘려 쓴 것들'²을
그 대문의 주소로 등기우편을 보냅니다.
하루 이틀이면 우체부가 문을 두드리겠지요.

'나는 누가 살다 간 봄일까'³ 하며
오랫동안 씻지 않은 얼굴을
내보이며 웃는 모습을
멀리서 바라봅니다.

벌써 여름이 왔는걸요
한 계절을 그 방에 있었다니
'방은 잘 있습니다'⁴ 하고
우체부에게 살짝
웃어 보입니다.

>

문 열린 그때를 놓치지 않고
'우리가 함께 장마를 볼 수도 있겠습니다'[5]
말하려는데
문은 철커덩 닫히고
아주 짧은 순간이었습니다.

그날 밤 일기장에
'지구만큼 슬펐다고 한다'[6]라고 적으니
관찰자로 돌아와 버렸습니다.
그러나 마음속은
'내가 사모하는 일에 무슨 끝이 있나요'[7]
라고 말하는 밤이었습니다.

계절이 넘어갑니다.

1 박소란 시집 『한 사람의 닫힌 문』.
2 이제니 시집 『그리하여 흘려 쓴 것들』.
3 권대웅 시집 『나는 누가 살다 간 여름일까』 변용.
4 이병률 시집 『바다는 잘 있습니다』 변용.
5 박준 시집 『우리가 함께 장마를 볼 수도 있겠습니다』.
6 신철규 시집 『지구만큼 슬펐다고 한다』.
7 문태준 시집 『내가 사모하는 일에 무슨 끝이 있나요』.

'짠'하고 '찡'한 우리네 이야기

차성환(시인)

　유상열 시인은 시적 대상과의 객관적인 거리를 유지하면서 이것저것 능청스럽게 자유자재로 둘러말하는 이야기꾼의 기질이 있다. 재담才談에 능하다. 서술자 특유의 개성적인 목소리로 우리의 친근한 일상을 이야기하고 그 삶의 세목細目에 대한 논평과 함께 삶의 전체적인 모습을 조망한다. 우리네 인생살이의 이야기를 따듯하고 잔잔한 감정에 실어 들려준다. 가히 만담漫談 시인이라 할 만하다. 마치 판소리 사설이나 사설시조辭說時調의 전통을 이어받은 것처럼 해학과 재치 있는 언어로 세상을 풍자하고 사람들을 울리고 웃긴다. 그의 해학은 세상에 대해 날카롭고 공격적이기보다는 두루뭉술하며 능청스럽고 따듯하다. 그렇다고 마냥 익살스러운 희극喜劇인 것만은 아니다. 처연하고 슬픈 이야기는 우리의 지난한 삶을 되돌아보게 한다. 이는 인간에 대한 깊이 있는 이해와

공감 없이는 불가능하다. 그의 시에는 인간에 대한 따뜻함과 인정人情이 묻어있다.

속칭 배가 맞아 아이 하나 나온다는 말이 있고
귀가 맞아 눈물 하나 나온다는 말 있어요

나 태어나 이런 말 처음 듣네요
아니, 국어책 끼고 산 끄트머리 시간을 어림잡아도
배 맞아 애 낳고
눈 맞아 야반도주했다는 말 들었어도
귀 맞아 눈물 흘렸다는 말 처음 들어요

허, 쓸데없는 소리, 눈 찢어 노려보지 마시고
배 맞기 전 눈 맞기 전 마음 안 맞았을까 생각해 보아요
배 맞기 전 눈 맞기 전 그대가 얼마나 아름다웠을까요
배 맞기 전 눈 맞기 전 몇 번을 글썽이지 않았을까요
그럼 귀 맞기 전에도 그랬겠지요

배 맞아 야반도주했단 말은 눈 맞아 아이를 낳았다는 말보다
훨씬 음탕한 일이라 생각하지만
그거나 이거나 매일반 같은 원인 같은 결과이지요
따라서 귀 맞아 야반도주한 것도 거기서 거기지요
그보다 사람들은 그 말에 온갖 살을 붙여
음탕하고 흥미로운 사건들을 상상하지요

그리고 그 후,

살다 살다 지겨워 부부 싸움까지는 상상도 하지 않아요

기가 찬 귀 맞은 내 이야기 한번 들어보세요

아버지 24주기 추도식을 마치고 돌아오는 길

장성에서 밀양까지 먼 길을 달래려고 라디오를 컸는데요

배우 정애리가 시인 신경림의 '농무'를 낭송하는데요

우리나라 배우들 예쁜 건 다 알고

대한민국 고졸 학력 치고 '농무'를 모르는 사람 없을 텐데요

지겹도록 외고 다녔는데요

"꺽정이처럼 울부짖고/ 서림이처럼 해해대지만"의 장면에서

마음이 울컥 쏟아져 갓길에 차를 대고 엉엉 울었어요

정애리의 목소리와 내 귀가 맞았네요

정애리와 귀가 맞아 야반도주하여 아이 낳고 잘 살고 있어요

거기까지만 상상하세요, 헤어지기 싫어요

—「귀 맞다」 전문

시인은 "아버지 24주기 추도식을 마치고 돌아오는 길"에
우연히 "라디오"에서 DJ가 "낭송"해 준 시詩, "신경림의 '농
무'"에 "귀 맞은" 이야기를 들려준다. 시인은 평소에 신경림
의 시 「농무農舞」를 "지겹도록 외고 다"닐 정도로 무척 좋아했
던 모양이다. 그런데 "꺽정이처럼 울부짖고/ 서림이처럼 해
해대지만"이라는 시 구절에서 그만 "마음이 울컥 쏟아져 갓길
에 차를 대고 엉엉 울"게 된다. "배 맞아 애 낳고/ 눈 맞아 야

반도주했다는 말"이 있듯이 시인은 라디오 DJ "정애리의 목소리와 내 귀가 맞았"다면서 그 이후로 "야반도주하여 아이 낳고 잘 살고 있"다는 이야기를 천연덕스럽게 풀어낸다. 유상열 시인은 詩에 대한 자신의 사랑을 내비치면서 "신경림" 시에 감동받아 시를 쓰게 된 사실을 고백하고 있다.

한편, 이 일화는 시인이 어떻게 시를 쓰게 되었는지 그 결정적인 계기를 우리에게 알려 준다. 시에는 드러나 있지 않지만, 「농무農舞」의 시구 중에는 '답답하고 고달프게 사는 것이 원통하다'라는 문장이 있다. "꺽정이처럼 울부짖고/ 서림이처럼 해해대"는 것은 모두 다 '답답하고 고달프게 사는 것이 원통'하기 때문이다. 시인은 "아버지 24주기 추도식"을 끝내고 "장성에서 밀양까지 먼 길을" 오면서 아마도 "아버지"에 대한 회한悔恨과 함께 산다는 것의 서글픔에 사무쳤을 것이다. 우리는 아무런 일 없이 살다가 어느 날 갑자기 밀려드는 슬픔에 주체할 수 없는 눈물을 쏟는 자신을 마주하게 된다. 마치 사는 것이란 다 그러하다는 듯이 눈물을 훔치고 또 다시 아무런 일 없이 살아가는 것이 바로 인생이다. 사는 것이 답답하고 고달프고 원통하기에 우리는 모두 "꺽정이처럼 울부짖고/ 서림이처럼 해해대"는 것이다. 유상열 시의 기원이 여기에 있다. 그의 시는 가슴속 깊은 곳에 있는 어떤 한恨을 풀어내는 가락으로서 우리 삶 가까이에 놓인다. 가장 한국적인 것이 '한恨'의 정서일 때 그의 시는 가슴 문드러지는 슬픔의 '한'이 아니라 '농무農舞'와 같은 신명 나는 춤판에 가깝다. 삶의 고통스러운 순간에는 "울부짖고", 그래도 살아볼 만한 일이 생기면 "해해대"는 것이 우리의 삶이다. 말 그대로 그의 시에는 삶의 애환哀歡이 담겨 있다.

　　아버지 열다섯 살 때 아버지의 아버지를 따라 만주로 인생의 간을 보러 떠날 때 물 낮기로 소문난 혜산인가 근처에서 도강을 하는데 큰물 진 뒤라 헛디뎌 둥둥 몸이 어디까진가 떠내려가는 거 할아버지 건져 올렸더니 '옷씨, 재밌게 물 타고 가는데' 타박하더라네 키 작은 아버지 어릴 적부터 간은 커 웬만한 어른 찜 쪄 먹을 만한 배포가 보였는데

　　아버지 세상 버린 지 30년, 꿈자리 뒤숭숭하여 파묘쟁이 앞세워 아버지 묫자리 보러 갔는데 묏등의 총총한 뗏장 몇 줌 들추더니 "옷씨, 이 어른 재밌게 물 타고 있네, 육젓 안 됐으면 다행잉께 파묘하요" 하며 침을 퉤 뱉는다

　　아버지 서른에 일사후퇴 때 아버지의 아버지의 유골을 앞세우고 동생들 뒤세워 피난 와 호구로 삼은 것이 바다의 물질이라 물이 지긋지긋도 안 했겠나 싶은데 태풍 부는 날 바다가 보이는 동산에 올라 여자들 울고불고 난리칠 때 산목숨 몇이 떠나도 파도의 날개에 매달려 돌아온 아버지가 아니겠는가

　　'아니 머시당께, 땅이 여무요' 인부의 옷은 땀으로 젖어 벌써 파 내려간 묘 구덩이에 뚝뚝 떨어지는데 아버지는 묵묵부답 관 뚜껑조차 이르지 못하여 인부 하나는 나가떨어졌다.

"형님, 나오소 다친 허리가 지랄인 갑소" 임무 교대한 젊은 인부의 속도전은 옛날의 우리 아버지 일하는 것 같다. 스크류에 그물이 감겨 배 옴짝달싹 못 하면 누가 나서기 전 제일 먼저 식칼 들고 바다로 다이빙한 속도전의 달인 아버지 아닌가. 세상의 젊은 자와 이승의 늙은 자가 대거리 한번 붙었는 갑다.

내 어릴 적 언제 한번은 폭우가 쏟아지는 밤에 지붕 위 전선에서 빠지직하며 불꽃이 튀었는데 곧 불이 옮겨붙을 태세인데, 엄마는 동동 발만 구르는데, 나는 엄마 옆에서 아버지 어딨냐고 징징거리는데 이미 아버지는 맨발 맨손에 슬레이트 지붕 위에 매달려 비를 흠뻑 뒤집어쓰고 웃고 있다. 어휴, 물귀신.

'아이고, 물텀벙이야' 오야지 도낏자루 내던지며 고함으로 짖어댄다. '에이, 씨펄. 야, 고무장갑 가 와', '야! 아드님, 어디 가서 물바가지 구해 오소. 형은 어안이 벙벙, 동생 꿈에 아버지 험한 꼴 나타날까 봐. '너는 저 위로 올라가 있거라' 하며 나는 짓쳐 물바가지를 구하러 산을 뛰어 내려갔다. 가관이 들어오고, 큰 비닐이 들어오고, 베 끈이 공수되었다. 호들갑 떨고 이윽고 관 뚜껑이 열렸는데 아버지 물장구치며 놀고 계신다.

형 집의 장조카 어릴 적 아버지 모시고 고례 계곡에 놀러 갔는데 나이 든 아버지 물에서 나올 생각 없이 종일 물에 몸 담그고 있는 것 보고 '참, 울 아버지 물 좋아해' 형의 말이 기억

났다. 베 끈에 동여매어진 아버지 가관에 모시면서 내일 아버
지 분골 동해 바닷물에 뿌려야 할지, 미시령 고갯길 양지바른
뭍에 묻어야 할지 참 헷갈리는 일이다.

—「파묘破墓 1」 전문

　　"아버지"가 돌아가신 지 "30년"이 된 어느 날, "꿈자리 뒤
숭숭"한 '나'는 "파묘쟁이"와 함께 "아버지" 무덤을 살펴보러
간다. 결국 무덤에 물이 찬 것을 확인하고 "파묘"를 하게 되
는데 '나'는 그 과정을 지켜보면서 생전에 물을 좋아하셨던
"아버지"에 대한 기억을 떠올린다. 총 7연으로 이루어진 이
시는 생전의 '아버지'와 관련된 과거 이야기와 "파묘"를 하는
현재의 이야기가 번갈아 가며 등장하다가 마지막 연에서 '나'
가 "가관에 모"신 '아버지'의 "분골"을 어떻게 처리할지 고민
하면서 끝이 난다. 산 아버지와 죽은 아버지의 이야기가 서
로 빠른 편집으로 삽입되면서 경쾌한 리듬을 따라 직조되어
가는 이야기는 읽는 재미가 쏠쏠하다. 진한 사투리가 담긴 직
접 화법과 생생한 상황 묘사, 무엇보다도 서술자 특유의 유
머러스한 논평과 이야기의 완급을 쥐락펴락 조절하는 솜씨
가 상당하다. 혹 시인은 어떤 이야기를 실감 나게 낭독해서
들려주는 전기수傳奇叟와 같은 면모를 가진다고 할까. 말맛
이 살아있다. 어찌 보면, '아버지' 무덤을 잘못 써서 파묘하게
되는 안타까운 상황이지만 시인은 '아버지'와 물에 얽힌 이야
기를 정감 있게 풀어내면서 예의 그 해학諧謔이 두드러져 나
타난다. 이 시는 '아버지'가 "열다섯 살"에 "할아버지"를 따라

"만주" 가던 중 강물에 빠졌던 이야기부터 한국전쟁 "일사후퇴 때" "바다의 물질"로 연명하던 이야기, "스크류에" 감긴 "그물"을 처리하기 위해 "제일 먼저 식칼 들고 바다로 다이빙한" 이야기, '나' "어릴 적"에는 "폭우가 쏟아지는 밤에 지붕 위"에 올라가 "불꽃"이 튀는 위험한 "전선"을 고치던 이야기, "나이 든" 후에는 "고례 계곡"에 가서 "종일 물에 몸 담그"던 이야기 등 '아버지'와 관련된 재미있는 일화를 연대기 순으로 밝히고 있다. '나'는 밝은 기조로 이야기를 끌고 가고 있지만 살아서도 죽어서도 "물귀신"이었던 '아버지'에 대한 그리움이 가득하다. 현재 "파묘"를 하다가 물에 잠겨있는 '아버지'의 유해를 수습하는 상황이 맞물리면서 마냥 웃거나 울 수도 없는, 소위 '웃픈' 감정이 샘솟는다. 생生에 대한 페이소스pathos가 강렬하다. 「파묘破墓 2」에서도 '어머니' 무덤을 "파묘"하는 장면이 나온다. "관 위로" 내려치는 "도끼질"에 "엄마 상처 나면" 어쩔까 걱정하는 '나'/'아들'의 모습이 짠하다. "상자에 다리뼈부터 세어가며 맨 위에 두개골을 얹으니 금방 엄마가 아기가 되어 다시 세상으로 나온 것 같았다 내 아이처럼 어리디 어려 손잡고 아장거리며 산을 내려오겠다"는 마지막 행의 이야기는 가슴이 찡하다. 그의 시에는 '짠'하고 '찡'하다고밖에 할 수 없는 감정이 소용돌이친다. '파묘'에 관한 시 중에 이렇게 생생하고 정감 있고 가슴 뭉클한 시가 또 있을까 싶다. 보기 드문 수작秀作이다.

추석 전날 소소기업 하는 친구에게 전화가 왔다. 대여섯 명 되는 직원 봉급 겨우 맞추고 지쳤단다. 이대로 가다간 폐업 절차만 남았다고 우울하단다. 내가 해줄 수 있는 일이 크게 없어 남해횟집 가서 술 한잔했다. 한 잔 술이 위로가 되겠냐만은 일부러 즐거운 표정을 짓는 친구가 안쓰러워 늦게까지 잔 기울였다. 일어나기 전 화장실 간다더니 이미 친구가 계산을 끝냈다. 폐업 앞둔 놈이 무슨 계산이냐 했더니 황천길 전이 여유롭단다. 쓸데없는 놈 핀잔을 주면서 나와 보니 신발장에 내 신발이 없다. 없다기보다는 내 신발과 똑같이 생긴 신발인데 헐어지고 커진 신발이다. 내 신발 잘못 신고 간 손님 어지간히 점잖은 사람이다. 개차반 성격 감추려고 얌전한 랜드로바 신고 다녔으니

어쨌든 그 후 아내가 다른 사람이 신던 신발 집에 들이는 것이 아니라며 쓰레기통에 버려버렸다. 사람으로 치면 황천길이요, 공장으로 치면 폐업인 거라

두 달 후쯤 어느 날 소소기업 하는 친구에게 전화가 왔다. 술 한잔 청해 와서 아이구 문제가 터졌는 게다 생각하며 남해횟집으로 갔다. 다행히 내 예상과는 달리 동업자를 구하고 그 동업자가 실력도 있고, 업계에 잘 아는 사람이 있어 곧 일어설 것이란다. 친구는 희망을 이야기했지만 그쪽 일을 잘 몰라서 이것저것 곁도는 이야기를 하다가 술자리를 파했다. 내가 계산할 차례인데 호기롭게 술값 계산하는 놈의 모습을 보고 시큰둥하여 나가다 남해횟집 신발장 맨 아래 구석에 먼지 뒤집

어쩐 내 신발을 발견했다. 반가움보다 버린 신발이 생각나 뜨끔했다. 그 손님 어지간히 벽창호만큼 정직한 사람이다. 멀리 이사하며 일부러 신발 갖다주러 왔다는 것이다. 사람으로 치면 운수 대통이요 공장으로 치면 기사회생인 거라.

어쨌든 그 후 신발 먼지 털면 깨끗하다 일렀으나 아내는 집 나갔다 들어온 신발 신지 말라며 쓰레기통에 버려버렸다. 친구의 호들갑 덕분에 내 신발만 두 번씩이나 폐업을 당한 꼴이 되었다.

—「신발」 전문

이 시에서 '나'는 "직원"이 "대여섯 명 되는" 작은 기업을 운영하는 "친구"가 사업의 어려움으로 "폐업" 위기에 처한 것을 듣게 된다. "친구"를 "위로"해 주기 위해 "남해횟집 가서 술 한잔"을 했는데 술값은 "친구"가 먼저 "계산"하고 만다. '나'는 그런 "친구"를 타박한다. 친한 친구들끼리 서로 안쓰럽고 고맙고 미안한 마음에 "계산"으로 실랑이를 벌이는 것은 우리들의 일상에서 종종 볼 수 있는 장면이다. 한국인 특유의 인정人情이 느껴지는 흐뭇한 풍경이다. '나'는 나가려던 차에 "신발장"에 "내 신발과 똑같이 생긴 신발인데 헐어지고 커진 신발"이 있는 것을 보고 다른 "손님"이 "내 신발"을 신고 간 것을 알게 된다. '나'는 하는 수 없이 남의 "신발"을 신고 갔더니 "아내"는 "다른 사람이 신던 신발 집에 들이는 것이 아니라며 쓰레기통에" 버린다. "두 달 후쯤" 그 "친구"에게서 문

제가 잘 해결되었다는 전화가 오고 또 "친구"와 함께 "남해횟
집"에서 술자리를 하게 된다. 이번에도 "친구"가 계산을 하
게 되고 '나'는 "시큰둥"한 마음으로 나오다가 "신발장"에서
"내 신발"을 발견하게 된다. 이유인즉슨 "그 손님"이 "멀리 이
사하며 일부러 신발 갖다주러 왔다는 것이다". 집에 "먼지 뒤
집어쓴 내 신발"을 가져갔지만 이번에도 "아내는 집 나갔다
들어온 신발 신지 말라며 쓰레기통에" 버린다. 이 시는 폐업
위기에 처했던 "친구"의 회사 대신에 '나'의 "신발만 두 번씩
이나 폐업을 당한 꼴이 되었다"라는 논평으로 끝을 맺는다.
"신발" 수난사라고 할까. 하지만 그 덕분인지 다행히 "친구"
의 회사를 살리게 된 것이다. 폐업 위기에 처한 "친구"와의
술자리와 잃어버린 "신발"을 연결시켜 재미있는 시가 완성되
었다. 「신발」에는 무엇보다도 세상에는 "친구"를 위하는 마음
이 있고 "벽창호만큼 정직한 사람"이 있기에 우리가 사는 곳
은 살 만한 세상이라는 믿음이 기저에 깔려 있다. "친구"와
"술값" 문제로 티격태격하는 장면이나 "아내"가 매번 "신발"
을 버리는 이유를 대는 장면을 읽다 보면 입가에 기분 좋은
웃음이 저절로 번진다. 그렇다고 그의 시에 서사성이 강한 해
학과 과장, 익살만 있는 것이 아니라 그 안에 따뜻한 서정抒
情도 깃들어 있다.

> 소식가 아내는 사과 반 잘라 먹고
> 자른 면에 먼지 내릴까
> 접시에 뒤집어 놓으니

그 모양 새장 같기도 하고
고즈넉한 기슭의 봉분 같기도 하다

새벽에 일어나
어스름한 빛에서 보니
그 모양 물렁한 젖가슴 같기도 하고
일 다녀온 아버지 고봉밥 같기도 하고
웅성이며 한사리 물 들어올 때의
개야리 잣섬 같기도 하다

그 반쪽 사과로 아침 속 채우니
배 속에서 육친의 소리가 나는 것 같고
새가 재잘대는 것도 같은 소리,
아버지 무김치 씹는 소리,
한사리 물 드는 소리, 나푼하게 들린다

참 황송하기도 하고 쓸쓸하기도 하여
슬그머니 아직 자고 있는 아내의 이불에 드니
아내는 동그마니 몸을 감고 있다
사과 반쪽이 모로 누워있다

　　　　　　　　　　　—「사과 반쪽」 전문

　"아내"가 먹고 남긴, "접시에 뒤집어 놓"은 "사과 반쪽"은
"새벽"의 "어스름한 빛에" "새장"이나 "고즈넉한 기슭의 봉

분"처럼 보인다. 또는 "물렁한 젖가슴"이 되었다가 "아버지 고봉밥"이 되고 "개야리 잣섬"으로 보이기도 한다. 그 "사과 반쪽"으로 "아침" 빈속을 채우면 "배 속에" "새가 재잘대는" "소리"와 "아버지 무김치 씹는 소리, / 한사리 물 드는 소리"가 들리는 듯하다. 이처럼 남겨진 "사과 반쪽"은 '나'에게 아련하고 애틋한 기억들을 불러일으킨다. 곧 "사과 반쪽"은 생生의 무덤과 요람이라는 상징을 갖게 된다. 살아가는 일이 그러하듯이, "사과 반쪽"을 바라보고 그것으로 속을 채우는 일은 "황송하기도 하고 쓸쓸하기도" 한 것이다. "사과 반쪽"처럼 누워있는 "아내"의 동그랗게 감은 "몸"을 바라보는 '나'의 시선에는 생生에 대한 따뜻함이 묻어있다. 부부는 "사과 반쪽"을 나눠 먹으며 연민과 사랑으로 같이 늙어간다. 사물에 대한 세밀한 관찰과 애정이 좋은 시를 만들어냈다.

내가 뒷산 상수리로 있어
언제부터 그 자리에 천 년쯤 있어도
어김없이 그해 그 날짜에 몸을 털어
고라니, 청설모 한껏 살찌우게 하겠네

내가 한해살이 꽃풀로 있어
언제 바람과 내통의 길로 빠져도
어김없이 그날 꽃 드리워
세상 밝게 받쳐 들겠네

내가 산등성이 바람으로 있어

여름내 소소히 한적하여도

어김없이 그날만은

민들레 꽃씨 날리게 하려고

용써 등성이 밑으로 달려가겠네

내 명이 천 년쯤이라면

한 백 년쯤은 허투루 보내는 시간으로

살아도 아깝지 않겠네만

내 명이 열흘쯤이라면

그중 하루,

바로 그날은

그대 위한 기찬 일들 준비하겠네

—「그날」 전문

　이 시는 시인의 기도문이 될 것이다. '나'는 "상수리" 나무
가 되어 매년 "몸을 털어" 떨어져 나온 도토리 열매로 "고라
니, 청설모 한껏 살찌우게" 할 수 있기를 꿈꾸거나 "꽃풀"이
되어 "세상"을 한결 "밝게" 만들기를 소원한다. 또는 "민들레
꽃씨"를 멀리 "날리게 하"는 "산등성이 바람"이 되고자 한다.
생의 "하루", 한 번만이라도 "그대 위한 기찬 일들"을 "준비하
겠"다는 '나'의 의지는 같이 살아가는 존재에 대한 사랑에 기
인한다. "세상의 모든 것이 생성과 소멸의 이치에서 벗어날
수 없다지만/ 한 나무의 소멸은 결국 백지장 한 장의 아름다

운 생성으로/ 나타날 것이라 깊게 믿고 싶었다"(「신염腎炎」)는 고백은 자신의 삶을 통해 더 나은 세상을 이루고자 하는 깊은 희망에서 비롯된다. 유상열 시인은 "대찬 세월 만나/ 이빨 사이에 찬 세상의 바람을 물고 떠났음" 친구 "관수"의 죽음(「관수 죽다」)에 가슴 아파하고 "회복될 수 없는 출렁이는 그리움" (「사라진 길」)에 시달리기도 한다. 하지만 생의 희망을 놓지 않는다. 춥고 혹독한 겨울이 지나면 "더 이상 지탱하지 못하는 문이 터지고/ 봄은 마당으로 쏟아져 나와 한가득 꽃을 피우" (「비밀번호는 바람에 흩어지고」)리라는 것을 믿는다.

유상열 시인은 "내 삶은 말할 것 무엇 있을까"라며 "먼 세상 갈려고 너풀거리며 살아도/ 제자리에서 너풀거릴 뿐"인 "풀"(「너, 풀」)과 같은 우리네 삶의 이야기를 기록한다. 시인은 그 속에서 다른 사람을 위한 삶의 가치를 우선으로 한다. 그가 들려주는 우리네 이야기 속에는 서로 부대끼면서도 서로를 아끼고 돌보는 마음이 들어있다. 우리 삶에 대한 긍정이 숨 쉬고 있다. 우리는 그의 이야기에 넋 놓은 채 정신없이 빠져든다. 이 곡절 저 곡절 구비마다 울고 웃으며 삶의 희로애락을 맛보게 된다. 이 세상은 남을 위하는 따듯한 마음 때문에 그나마 살 만한 곳이라는 믿음을 심어준다. 그것은 이 시집을 읽고 있는 '당신'에 대한 믿음이기도 하다. 그의 이야기는 우리를 웃음 짓게 하고, 그리고 우리의 웃음은 세상의 한 편을 조금 더 밝혀 줄 것이다.

천년의시인선